Mucki

Jörg Sielaff

Mucki

Leben mit Down-Syndrom

Bibliografische Information der Deutschen Nationalbibliothek:
Die Deutsche Nationalbibliothek verzeichnet diese Publikation in der
Deutschen Nationalbibliografie; detaillierte bibliografische Daten sind im
Internet über dnb.dnb.de abrufbar.

Coverdesign, Buchsatz, Verlag: BoD • Books on Demand GmbH,
In de Tarpen 42, 22848 Norderstedt
Druck: Libri Plureos GmbH, Friedensallee 273, 22763 Hamburg

ISBN: 978-3-7583-2902-9

Inhalt

Vorbemerkung   7

Ein schwerer Schlag   11

Wie alles begann   15

Mucki wird eingeschult   29

Besuche bei uns im Haus   37

Urlaube mit Mucki   43

Mucki in der Gemeinschaft   67

Aus ihrem Leben   85

Mein Umgang mit Mucki   97

Bücher von Jörg Sielaff   108

Vorbemerkung

Die Geschichte von Mucki ist der Versuch, das Leben meiner in der Mitte des Lebens stehenden Down-Syndrom-Tochter zu erzählen. Sie ist bereits 45 Jahre durch das Leben gegangen, hat vieles gelernt und gekonnt, was sie leider jetzt nicht mehr so macht. Sie ist im Laufe ihres Lebens langsamer geworden. Meine Tochter ist im Grunde ein fröhlicher Mensch. Sie wird von manchen Menschen in ihrer Umgebung sogar als »Sonnenschein« bezeichnet.

Sie wohnt seit mehr als 25 Jahren in einer Lebensgemeinschaft in einem Haus mit zehn weiteren Menschen, die ebenfalls dort betreut werden. In der Gemeinschaft sind auch Werkstätten für die Menschen mit Hilfebedarf angegliedert. Dort arbeitet sie jetzt in der Kerzenwerkstatt mit anderen und wird von hilfsbereiten Betreuern unterstützt.

Ein schwerer Schlag hat sie vor Kurzem getroffen. Ihre Mutter, die sie sehr liebevoll begleitet hatte, ist gestorben. Normal ist es für eine Mutter mit einem »Sorgenkind«, dieses auch besonders zu verwöhnen. Nun muss Mucki mit dem Tod ihrer Mutter, die nun nicht mehr für sie da ist, irgendwie klarkommen, was ihr eigentlich gut gelingt. Es geht immer wellenförmig, mal ist sie traurig und dann lacht sie wieder und kann fröhlich sein. Die Zeit mit den Coronaeinschränkungen macht ihr und ihren Kolleginnen und Kollegen sehr deutlich zu schaffen. »Scheiß Corona!«, ist von ihr öfters zu hören. Nach dem harten »Look Down« können wir sie jetzt wieder dort besuchen oder sie zu Arztterminen und Urlaubstagen abholen. Allerdings müssen wir trotz unserer Coronaimpfung jeweils einen negativen Schnelltest vorlegen. Diese Anordnung trifft ebenfalls Mucki. Deshalb hat sie schon einige Tests über sich ergehen lassen müssen. Bei dem ersten Test hatte sie den Testenden noch gefragt: »Und den Rachen auch noch?« Nach kurzem Zögern nahm er sich einen Holzspatel und drückte ihre Zunge herunter: »Alles in Ordnung!« Mucki war zufrieden. Inzwischen ist es Routine für sie. Nur jetzt werden ihre Worte häufiger: »Scheiß Corona, aber das ist das letzte Mal!« Beim Impftermin für die Auffrischungsimpfung hatte sie mitfühlend zu der Assistentin gesagt: »Für Sie ist das doch auch doof mit dem Corona. Ich hoffe, dass es bald vorbei ist.« Aber inzwischen ist sie an das Tragen einer Maske gewöhnt. Sie erinnert mich immer, wenn ich in das Auto steige: »Hast du auch die Masken dabei?«

Die Menschen im Haus, in dem sie lebt, haben jetzt auch so nach und nach mit Corona zu kämpfen. Die meisten Menschen, so auch Mucki, sind nur leicht erkrankt und müssen in die Siebentagesquarantäne. Das bedeutet keine Werkstatt und länger schlafen, was Mucki natürlich sehr gefällt. Aber mit mir wollte sie diesbezüglich nicht telefonieren: »Wir haben ja am Montag lange telefoniert und heute will ich nicht, weil ich Corona habe!«

Inzwischen haben wir die Coronazeit wohl alle gut überstanden. Wenn man von dieser Zeit spricht, kommt regelmäßig Muckis Satz: »Corona ist doch vorbei!«

In dem Buch schreibe ich über die vielen Erlebnisse mit Mucki während der Urlaube mit ihr und über ihre Zeit in der Gemeinschaft. Im letzten Kapitel beleuchte ich auch die Schwierigkeiten, die ich mit ihr habe. Meine Dankbarkeit, dass sie gut in der Gemeinschaft lebt und von vielen Helfern liebevoll begleitet wird, kommt ebenfalls zum Ausdruck. So lebendig und fröhlich manchmal auch unser »Sonnenschein« ist, es bleibt eine große Aufgabe.

Ein schwerer Schlag

Um Mucki ein wenig »aufzufangen«, bevor wir ihr von dem unerwarteten Verlust, dem Tode ihrer Mutter, erzählen wollten, holten wir sie zu uns nach Hause. Ihre beiden Schwestern und meine Frau waren ebenfalls anwesend. Auf der Fahrt von ihrem Wohnhaus löcherte sie mich mehrmals nach dem Grund, warum ich sie aus der Gemeinschaft abholen würde. Sie vermutete, eine 94-jährige Verwandte sei gestorben. Wir saßen beim Nachmittagskaffee alle zusammen und begannen damit, dass wir ihr eine Traurigkeit erzählen müssten. Sie gleich: »Die Tante ist gestorben!« »Nein, deine Mama ist es!« – »Nein, nicht die Uschi!« – »Doch!!!« Sie wollte es nicht glauben und sagte sogar, dass es nicht stimme. Es ist nicht wahr! Trotzdem schien sie noch einigermaßen gefasst zu sein. Aber so nach und nach wurde ihr die ganze Tragweite unserer Worte deutlich. »Nein, ich will meine Mama wiederhaben! Ich will meine Uschi wiederhaben!« Dann fing sie an zu weinen und zu schluchzen. Nun war die Situation auch für ihre Schwester nicht leicht, sie hatte ihre Mama in der Wohnung gefunden. Die von ihr durchgeführten Wiederbelebungsversuche blieben ohne Erfolg.

Da die Wohnung, in der ihre Mama und Mucki jahrelang gelebt hatten, eine Mietwohnung war, mussten nun ihre Kleidung und die Möbel aus ihrem Zimmer geräumt werden. Die Wohnung wurde gekündigt. Ihre Schwestern nahmen Mucki mehrmals mit in die Wohnung, damit sie leichter Abschied nehmen konnte. Was eigentlich auch ohne Probleme möglich war. Mucki neigt dazu, ihre »lieben Geister« auf Fahrten oder im Nebenzimmer mit dabei zu haben. Sie sagte jetzt betont deutlich: »Solveig, Marianne, Brigitte und Barbara müssen jetzt nicht mehr in die Wohnstraße, da ist jetzt tote Hose.« Dabei lachte sie sogar.

Andererseits bildete sie in ihrer Traurigkeit neue Worte. Sie ist jetzt in der »Schrecktrauer« und »Schocktränen« kommen aus ihren Augen. Mucki fühlte sich im »Tränenschock« und »Trauerschmerz«. Zwischendurch konnte sie sogar ihr gewinnendes Lachen zeigen. Ihre Trauer verläuft so richtig wellenartig, mal ist wenig zu spüren und mal lässt sie sich kaum trösten.

Sie hatte sich ein Foto ihrer Mutter ausgesucht, wo sie von der Seite zu sehen war. Dieses Foto haben wir ihr in einen Rahmen gestellt, etwas kleiner als DIN A4. Von nun an begleitet sie dieses Foto überallhin, es muss immer mit in das Restaurant oder zu den

Arztterminen. Sie steckt es in einen Pappumschlag in ihre »Ingwer-Tasche« oder in ihren Rucksack. Manchmal, gerade bei uns angekommen, erinnert sie an das Foto. »Uschi bekommt ja keine Luft, sie muss aus dem Rucksack!« Manchmal ist ihre Aussage genau andersherum: »Sie muss im Rucksack bleiben. Sonst ist ihr kalt.« Oder, wenn das Bild noch nicht ausgepackt ist: »Die bekommt schon noch Luft!«

Manchmal wischt sie mit WC-Papier auf Uschis Bild. »Sie hat was mit den Augen, damit sie ihr nicht mehr wehtun!«, eine andere Aussage. »Die Uschi ist heute ganz traurig, aber jetzt lächelt sie mich wieder an.« Zum einjährigen Todestag berichtete sie mir am Telefon: »Ich habe die Kalenderseite vom 26. Februar, Uschis Todestag, einfach rausgerissen!« Allerdings achten ihre Betreuer in dem Haus, in dem sie jetzt lebt, darauf, dass sie sich nicht zu sehr zurückzieht. Es tut ihr besser, wenn sie mit Aufgaben betraut ist, damit sie nicht vor sich hin grübelt. Im Großen und Ganzen sind wir sehr zufrieden, wie sie von den Betreuern liebevoll begleitet wird. Sie achten sehr darauf, dass sie immer in der Gemeinschaft eingebunden ist. Sogar manchmal mit kleinen Kämpfen, aber wichtig ist dabei deren konsequente Haltung. So ist sie zügiger und macht sich besser im Bad fertig. Auch muss sie vorübergehend Stunden nacharbeiten, als Antwort auf ihr tägliches Zu-spät-in-die-Werkstatt-Kommen.

Als ich ihr erzählte, dass ich nach dem Buch über Margittas Mutter, »Lisbeth – Mein Weg«, welches jetzt erschienen ist, an einem Buch über sie als Mucki schreibe, und sie fragte: »Wie findest du es?«, lachte sie nur und sagte: »Wirklich? Schön!«, fragte aber gleich weiter: »Schreibst du auch ein Buch über Uschi?«

Wie alles begann

Für mich begann ihr Leben mit einer Enttäuschung bei ihrer Geburt. Der Tag ihrer Geburt schien ein wunderbarer Spätsommertag zu werden. Mit meiner schwangeren Frau kamen wir kurz vor acht Uhr in das Krankenhaus. Die dortige Stationsschwester sagte mir nur: »Es dauert bei ihrer Frau noch. Gehen sie erst einmal wieder nach unten zur Anmeldung.« Nun war der Schalter aber erst nach acht Uhr besetzt. Also musste ich warten, bis alle Formalitäten erfüllt waren und ich wieder in die Geburtsstation gehen konnte. Es war nun mehr als eine halbe Stunde vergangen. Ich kam in die Station, von der Schwester und von meiner Frau keine Spur. Alle Räume standen offen und nur die eigentliche Geburtsstation war gesperrt. Nach einigen Minuten kam Schwester Maria heraus und beglückwünschte mich zur dritten Tochter. »Nehmen Sie es nicht so schwer, die Jungens bringen die Töchter später mit!« Darum ging es mir aber gar nicht.

Ich wollte einfach bei der Geburt dabei sein und hätte der Schwester Maria einfach vor das Schienbein treten können. Bei der Geburt der ersten Tochter war es noch überhaupt nicht üblich, dass ein Vater bei der Geburt dabei sein durfte. Die zweite Tochter kam in einem strengkatholischen Krankenhaus zur Welt. Dort waren die Schwestern entsetzt, als ich meinen Wunsch, bei der Geburt dabei zu sein, äußerte. »Hier im Krankenhaus geht das überhaupt nicht«, die damalige Aussage der Stationsschwester. So kam Mucki an diesem schönen Herbstsonntag ohne mein Dabeisein auf die Welt. Wenn es ein Mädchen werden sollte, hatten wir uns den Namen Miriam überlegt, aber ihre Schwestern nannten sie gleich »Mucki«. Die Geburt verlief ohne Komplikationen, ich umarmte meine Frau Uschi und wir Eltern waren zufrieden. Als ich am Montagabend nach der Arbeit in das Krankenhaus kam, um Uschi und Mucki zu besuchen, sprach mich mein Bruder, der bereits früher zum Besuchen kam, an. »Die haben mich mit dir verwechselt, du sollst unbedingt gleich zum Arzt kommen.«

Ich ging also hin. Da druckste der Arzt so komisch herum: »Wir wollten ganz sicher gehen und haben erst gewartet, bis der Kinderarzt sich ihre Tochter angesehen hat. Sie hat anders stehende Augen und ihre kleinen äußeren Finger sind krumm. Sie hat Idiotie.« Ich wusste damit nichts anzufangen. Man sagt auch Mongolismus dazu oder Trisomie 21. Hatte ich auch noch nie gehört. »Was bedeutet das denn?« »Sie ist behindert und wird nicht normal aufwachsen. Aber im Taunus gibt es ein Heim. Dort können Sie sie

16

abgeben. Die nehmen auch Säuglinge.« Ich war geplättet, so genau konnte ich Mucki mir noch gar nicht betrachten. Zu der Zeit war es noch nicht üblich, dass die Neugeborenen mit der Mutter im Zimmer liegen. Die Säuglinge konnten nur durch eine Scheibe betrachtet werden. Selbst zur Stillzeit durften die Väter nicht im Zimmer sein. Wir hatten zwei gesunde Töchter, die elf und zehn Jahre alt waren. Wieso das nun? Ich hörte nur noch, wie mich der Arzt fragte: »Wollen Sie es Ihrer Frau sagen, oder soll ich es tun?« Mit meiner Antwort, dass ich die unangenehmen Dinge schon meiner Frau selber sagen werde, verließ ich das Arztzimmer.

Als ich wieder zu Uschi in das Zimmer kam, war mein Bruder bereits wieder zurückgefahren. Ich berichtete ihr von dem Arztgespräch. Uschi war ebenso überrascht und sagte nur, dass die Schwestern beim Anlegen zum Stillen von Mucki so komisch gesagt hätten: »Na, die wird wohl nicht richtig trinken können.« Wie kann das sein. Wir haben zwei gesunde Töchter und man sagte damals, mongoloide Menschen würden manchmal ältere Gebärende bekommen. Uschi war damals gerade 34 Jahre. Der Vorschlag des Arztes, Mucki in ein Heim zu geben, kam für uns überhaupt nicht in Betracht. Je mehr wir uns mit der Trisomie beschäftigten, wussten wir, dass das Chromosom 21 nicht nur doppelt bei Mucki angelegt war, sondern dass es sich in der Befruchtungsphase geteilt hatte und dadurch gab es drei Chromosomen 21. Die Tage nach der Geburt im Krankenhaus vergingen ohne Auffälligkeiten. Mucki erschien uns aber trotzdem als Säugling irgendwie anders als die anderen Töchter. Damals war es üblich, dass Mütter nach der Geburt ihres Kindes immer mindestens eine Woche im Krankenhaus blieben, bevor sie nach Hause durften. So kam der Tag, an dem Uschi und ich Mucki abholten. Damals war es üblich, dafür ein großes Kopfkissen mitzubringen, welches nach innen gefaltet wurde, damit ein »Schiffchen« entstand. Darin wurde der Säugling gelegt und in das Auto getragen.

So kam auch ich mit Mucki aus dem Krankenhaus. Bevor ich das Auto aufschloss, kam mir ganz plötzlich ein Gedanke in den Kopf. Wenn wir wirklich einen Platz in einem Heim im Taunus suchen würden, wäre damit das Problem mit Mucki gelöst? Ich erzählte Uschi davon. Sie war entsetzt. Sie hätte Mucki jetzt neun Monate in sich getragen und das könne sie nicht verstehen. Ich sagte, dass es eben auch nur ein Gedankenblitz war, der aber jeder Realität zuwiderlaufe. Im häuslichen Umfeld lief eigentlich alles wie bei den anderen neugeborenen Töchtern. Mucki war ein ruhiges Kind und wurde alle vier Stunden tagsüber an die Brust gelegt und nachts versuchte Uschi die Zeiten zwischen dem Stillen zu verlängern, damit wir längere Schlafzeiten bekamen. Ich wurde meistens sogar gar nicht in der Nacht wach und war dankbar, dass ich ausgeschlafen zur Arbeit kam. Zuerst klappte das mit dem Saugen von Mucki noch nicht so gut, aber irgendwie hatte sie bald den Bogen raus.

Nun bemühten wir uns sehr bald um mehr Informationen über Trisomie 21. Erst über die Kinderärztin, die uns aber nur sagte, dass solche Kinder eigentlich ganz glückliche Kinder seien. Wir sollten sicherheitshalber aber eine Blutuntersuchung von Mucki in der Frankfurter Uni-Klinik machen lassen. Wir sollten herausfinden lassen, ob Mucki nur eine »Mosaik-Trisomie« hat, die fast ein normales Leben für sie ermöglichen würde. Dort bei der Untersuchung und der Blutentnahme durfte keiner von uns im Zimmer anwesend sein. Als wir Mucki wieder in unseren Armen hielten, entdeckte Uschi mehrere Einstiche im Kopf unserer Tochter. Es hieß, dass nur durch solch eine Blutentnahme aus der Ader im Kopf sicher zu bestimmen sei, welche Art der Trisomie bei ihr vorliege und ob es erblich bedingt sei. Diese mehreren Stiche im Kopf deuteten darauf hin, dass sie die Ader bei Mucki nicht gefunden hatten. Wir waren fest der Meinung, dass es nicht erblich sein könne, da wir zwei nicht behinderte Kinder hatten. Wir beschlossen, dass wir keine solche Untersuchung mehr für Mucki durchführen lassen würden.

Was uns außerdem sehr enttäuschte, war, dass wir keinerlei Unterstützung aus den Gesundheitsämtern oder dem Ministerium bekommen konnten. Es gab keine Broschüren oder ein Merkblatt mit Adressen, an die man sich hätte wenden können. Es wurde uns manchmal nur gesagt, dass solche Kinder nicht alt werden. Es gab während der Nazizeit auch keine älteren mongoloiden Menschen, da viele durch die Euthanasie umgebracht wurden. Wir hätten uns gerne mit anderen Eltern über Erfahrungen ausgetauscht.

Wir nahmen natürlich alle Hilfen fast wie ein Schwamm auf. So zum Beispiel mit einem Professor, der Eigenblutbehandlungen für Mongoloide empfahl und durchführte. Diese mussten wir selber bezahlen, aber wir hofften auf Verbesserungen. Wir besuchten diesen Professor mit Mucki mehrmals. Aber eigentlich konnten wir keine Veränderung bei Mucki feststellen. Nur unser Geldbeutel wurde dünner. Die einzige Aussage, die ich wirklich wichtig fand, war, dass solche Kinder keine Sonderbehandlung erfahren sollen, sie sind so zu erziehen wie jedes andere Kind auch. Wichtig sei aber auch, ihr viele verschiedene Materialien über ihre Hände anzubieten. Wir brachen bald die Behandlung mit Eigenblut ab. Wir widmeten uns mehr Mucki und waren dankbar für ihre kleinen Fortschritte. Sei es das Krabbeln, später das Laufen. Auch immer mehr sahen wir nicht ihre Einschränkung, sondern freuten uns mit ihr über ihre Fröhlichkeit. Alles schien zwar etwas langsamer bei ihr voranzugehen, aber wir schlossen sie immer mehr in unser Herz.

Besonders war die Veränderung bei ihren Schwestern. Sie spielten bis zu Muckis Geburt fast täglich mit ihren Puppen. Nun brauchten sie diese nicht mehr, sie spielten von nun an mit ihrer Mucki. Es war für uns Eltern beruhigend zu sehen, wie die Töchter mit ihrer kleinen Schwester behutsam umgingen. Ich glaube, sie nahmen deren langsame Entwicklung nicht so deutlich wahr. Sie nahmen sie so, wie sie war, und freuten sich über ihre Fortschritte. Außerdem entdeckten sie bereits auch Muckis Freude am Spaßen und Necken. Wir und die Kinder fuhren abwechselnd mit Mucki im Kinderwagen in den umgebenden Wald. Dies war nicht anders als bei den anderen Töchtern. Doch irgendwie waren Uschi und ich besorgter: Wie geht es mit Mucki weiter?

Mein Wunsch, mich mehr über mongoloide Menschen, vor allem Kleinkinder, zu informieren, beschäftigte mich immer mehr. Es gab im Fernsehen damals eine sechsteilige Sendung über die Entwicklung solcher besonderen Menschen. Jede Folge hatte andere Darsteller der eingeschränkten Kinder. So wurde die Entwicklung vom Kleinkind bis zum Sechzehnjährigen recht anschaulich gezeigt. Der Darsteller der letzten Folge war zufälligerweise der Bruder eines Nachbarn des Ferienhauses, welches Muckis Großeltern gehörte. In der Sendung wurde mit ihm das Straßenbahnfahren geübt. Wir sahen diesen Nachbarssohn auch, wenn wir in dem Ferienhaus wohnten.

Den Redakteur der Sendefolgen »Unser Walter«, so hieß die Serie, rief ich einfach an und fragte ihn nach seinen Erfahrungen mit mongoloiden Menschen und welche Bücher er mir empfehlen könne. Seine spontane Antwort vergesse ich nie. »Vergessen Sie alle Bücher, die vor 1975 erschienen sind! In denen sind diese Kinder nur als die lächelnden und glücklichen von Gott geschickten Kinder beschrieben. Es gibt wenige Bücher nach 1975, vielleicht finden Sie Übersetzungen aus dem Niederländischen oder dem Italienischen, denn diese Länder haben mehr und längere Erfahrungen mit mongoloiden Menschen.« In den Buchläden oder in öffentlichen Büchereien, die ich anschließend aufsuchte, bestätigte sich die Aussage des Redakteurs. Ich fand kaum Bücher, die mich weitergebracht hätten.

Im Rhein-Main-Gebiet gibt es die Evangelische Akademie Arnoldshain. Dort meldeten wir uns zu einem Seminar eines Verhaltenstherapeuten an. Sein Thema war: Wie kann man durch Geburt oder Krankheit eingeschränkten Kindern besser helfen? Dieser Therapeut hatte einige Jahre in einem Heim für geistig behinderte Kinder gearbeitet. Er entwickelte die sogenannte »Smartie-Methode«, hierbei hatte er mit eingeschränkten Menschen für sie neue Handlungen oder Verhaltensweisen eingeübt. Bei Erfolg des Eingeübten hatte er die Menschen mit Smarties belohnt. Erst gab er mehrere Smarties und später reduzierte er diese und bei weiterem Erfolg reichte sogar eine Belobigung. Er hatte uns dies mit einem Video eines Mädchens demonstriert, welches jahrelang immer nur gefüttert wurde, wobei die Arme früher immer festgebunden wurden. Er zeigte uns darin, wie dieses Kind später ohne eine fremde Hilfe selbstständig essen konnte. Sein therapeutischer Ansatz war tägliche Essens-Übung von 20 Minuten. Nach ca. drei Monaten waren erste Erfolge sichtbar und er konnte seine Hilfe auf jeden zweiten Tag reduzieren. Nach rund einem halben Jahr war das Mädchen in der Lage, völlig selbstständig allein zu essen. Er war sehr zufrieden und sagte uns, so müsste es eigentlich bei vielen eingeschränkten Menschen möglich sein, sie zu größerer Selbstständigkeit zu führen. Leider fanden die Betreuer und Betreuerinnen in dem Heim diesen Hilfsansatz überhaupt nicht gut. Im Gegenteil, sie hinderten den Therapeuten daran, weitere Menschen zu behandeln. Ihr Argument war leider immer das gleiche: Wenn sie alle Menschen im Heim so behandeln würden, wären sie ja überflüssig. Diese Haltung ist inzwischen einem besseren Verständnis für eingeschränkte Menschen gewichen.

Nach dem Seminar wurde Uschi ein Mitglied bei der Lebenshilfe. Von dort bekamen wir wertvolle Unterstützungen. Per Zufall erfuhren wir von einer Mutter, die einen kleinen Jungen mit »Mosaik-Trisomie« haben sollte. Uschi nahm Kontakt mit ihr in dem nicht weit entfernten Ort auf. Sie besuchten uns und dabei stellte ich fest, dass bei der Entwicklung des Jungen im Vergleich zu der von Mucki kein großer Unterschied war. Damals erklärte man uns, dass diese Art nur eine leichte Form des Downsyndroms sei. Einen Unterschied zur Entwicklung von Mucki haben wir nicht festgestellt. Die Säuglings- und Kleinkindphase von Mucki erlebten wir immer mehr wie bei unseren anderen beiden Töchtern, manche Entwicklungsstufen begannen etwas später. Mucki war aber immer ein fröhliches Kind und wir bemühten uns darum, sie so normal wie möglich zu behandeln. Die Kinderärztin empfahl zwar eine Blutuntersuchung in der Universitätsklinik in Frankfurt, um zu sehen, ob ihre Behinderung noch andere Folgen haben könnte. Das Ergebnis war ohnehin nicht aussagefähig.

Die positive Entwicklung von Mucki nahm von nun an seinen Gang. Wir und unsere beiden größeren Töchter, inzwischen zehn und zwölf Jahre alt, freuten sich über ihre kleinen Fortschritte. Besonders auffällig war, dass K. und C. jetzt nicht mehr mit ihren Puppen spielten, sondern dafür spielten sie mit ihrer kleinen Schwester, wenn sie im Ställchen stand oder lag. So ein rund einmal ein Meter großes Ställchen kennen heutige Mütter und Väter kaum noch, es gab den Eltern eine gewisse Ruhezeit, das Kleinkind konnte nicht in der Wohnung verschwinden. Die großen Schwestern schoben mit Begeisterung ihren Kinderwagen und gaben ihr immer wieder Spielsachen, die sie manchmal ihnen zurückpfefferte.

Der Unterschied von Muckis Entwicklung zu der von K. und C. war eigentlich nur, dass alles etwas später kam. Sie krabbelte länger und fing deutlich später an zu laufen. Das Sprechen begann ebenfalls viel später. Aber sie strahlte uns glücklich an, wenn sie wieder einige Fortschritte machte. Besonders deutlich ist mir noch das Spaziergehen mit ihr im nahe gelegenen Wald. Ich ließ sie verschiedene Zweige befühlen: die von den Tannen und Fichten, von den Kiefern, die Blätter der Buchen und Ahornbäume sowie die verschiedenen Gräser und Pflanzen. Mucki strahlte mich dabei an. Wenn es pikste, verzog sie ihr Gesicht. In unserer Wohnung ließ ich sie öfters auch den Unterschied von Holzbrettern, Putzflächen, Tapeten und Teppich ertasten. Hier versuchte sie es manchmal sogar allein.

Da Uschi in der Zeit gerade im nahe gelegenen Kindergarten arbeitete, lag es uns nahe zu versuchen, ob Mucki mit anderen Kindern dort zurechtkam. Die Kindergartenleiterin war einverstanden, nachdem sie die anderen Eltern ihrer Gruppe befragt hatte. Nun war Mucki bereits im Jahr 1978 als eine der ersten in einer integrativen Gruppe im Kindergarten aufgenommen. Ihr gefiel das Zusammenleben mit anderen Kindern, die ihr oft auch Spielsachen gaben oder ihr halfen, diese aus der Schublade zu bekommen. Die Leiterin erinnerte sich an Muckis Worte, wenn es ihr zu laut in der Gruppe wurde. Dann wollte sie, dass ein Kreis gebildet wurde, wobei sich jedes Kind auf sein Stühlchen setzte und alle ruhiger wurden. Bis heute hat sich bei ihr allerdings gehalten, dass sie nicht wahrnimmt, wenn sie einfach der Grund des Lautseins war.

Ich erinnere mich gerne an die ersten Spaziergänge mit ihr im Schnee. Ich regte sie an, mit ihren Füßchen im unberührten Schnee vorsichtig zu laufen. Die daraufhin erfolgte Entdeckung ihrer eigenen Fußabdrücke im frischen Schnee erfreute sie. Sie begann dann selbst immer neue Abdrücke zu trampeln. So gab es in ihrer Entwicklung immer wieder Neues zu entdecken, was auch uns Eltern erfreute und überraschte. Ich trug schon damals einen Vollbart. Keine meiner Lieben konnte meinen Bart so zart und weich kraulen wie Mucki. Eine »Macke« machte sich aber jetzt bemerkbar. Das Ziehen in den Haaren. Wenn man sich in den Einkaufswagen oder sonst wie bückte, konnte es passieren, dass sie aus heiterem Himmel plötzlich in die Haare griff und kräftig zog. Ich musste aufpassen, dass sie dies nicht bei Fremden machte.

Eine andere Unart fiel uns auf, das Wedeln. Sie konnte eine Serviette oder auch ein Papier oder ein Kleidungsstück so in ihrer Hand halten, dass es für sie ein freies Ende gab, mit dem sie hin und her wedeln konnte. Dabei schien sie sich selbst in so eine Art »Trance« zu wedeln. Heute ist dieses Verhalten nur noch selten. Mitunter machte sie in der Coronazeit das Wedeln sogar mit den Schutzmasken. Dass sie wie geistig abwesend wirkt, können wir auch heute immer wieder feststellen. Aber es ist nicht dauerhaft. Ich muss sie davon ablenken und dann spricht sie wieder flüssige Sätze.

Gegenüber unserer Wohnung wohnte eine Familie mit einem sehr großen Schäferhund mit einem flauschigen Fell. Er war eher so groß wie ein Schaf. Wenn dieser Hund im Treppenhaus vor deren Tür lag und Mucki hinzukam, legte sie sich meistens kuschelnd »in die Bauchmulde« und streichelte sein Fell. Dieses Zutrauen zu Hunden wurde durch eine Erfahrung jäh getrübt. Ich ging mit ihr an einem nahen Kindergarten vorbei. Hinter dem Zaun spielten die Kinder im Sandkasten und am Klettergerüst. Mucki stand davor und beobachtete das Ganze. Plötzlich näherte sich ein mittelgroßer Hund von hinten und bellte Mucki direkt in ihr linkes Ohr. Sie fing sofort furchtbar an zu weinen und ließ sich nicht trösten. Die Hundehalterin hatte nur ein kräftiges Lachen dafür übrig. Ich stellte sie zur Rede: »Wenn neben Ihnen ein Pferd am Ohr laut wiehert, zucken Sie ebenfalls zusammen und bekommen Angst! So müssen Sie sich das Größenverhältnis von meiner Tochter zu Ihrem

Hund vorstellen.« Nach diesem Erlebnis hatte Mucki vor Hunden, egal ob klein oder groß, immer Angst. Wenn sie einen sah, ging sie fast immer auf die andere Straßenseite.

Mucki wird eingeschult

Durch die Kontakte über die Lebenshilfe zu Menschen mit einem geistig eingeschränkten Kind wollten wir ebenfalls, dass Mucki in die Sonderschule für Behinderte geht. Die für unseren Kreis nächste war die Janus-Korczak-Schule. Der Tag der Einschulung rückte immer näher, nun wollten wir diesen Tag so feiern wie bei unseren anderen Töchtern. Sie bekam eine Schultüte und wir fuhren mit ihrer Oma zur Einschulung. Dort waren nur wenige Eltern mit ihren Kindern anwesend. Irgendwie war die Einschulung für mich eine traurige Angelegenheit. Es kam keine richtige Freude auf. Eher wurden Fragen, wie es weitergehen wird, immer deutlicher. Im Kindergarten schien alles mit Mucki noch ganz einfach. Doch durch die Menge der Kinder auf dem Schulhof, vor allem von Menschen mit Behinderung, wurde mir so deutlich, welche Aufgabe noch vor uns lag.

Mucki wurde im Bus zur Schule mit anderen Mitschülern vor der Wohnung abgeholt und nach der Schule wieder gebracht. Eigentlich war es gut geregelt. Doch irgendwie hatten wir das Gefühl, dass Mucki dort in der Schule unterfordert wird. Uschi hatte über andere Eltern von der anthroposophischen Sonderschule in Frankfurt erfahren. Leider bestand aber erst keine Möglichkeit für Mucki dorthin zu kommen. Diese Michaelschule schult Kinder mit Hilfebedarf nur alle zwei Jahre ein. Doch mit Hartnäckigkeit hatte Uschi für die Aufnahme von Mucki gekämpft. Schließlich bekamen wir die Zusage, dass Mucki mit Beginn der dritten Klasse in die Michaelschule aufgenommen wird. Als die Lehrerinnen der Sonderschule von Muckis Weggang erfuhren, waren sie traurig, da Mucki gute Fortschritte in der Klasse machte und immer freundlich war. Die morgendlichen Fahrten zur Michaelschule wurden in den ersten drei Jahren noch über den Kreis finanziert. Die Rückfahrt wurde durch Eltern organisiert und finanziert. Weil später die Michaelschule als private Einrichtung nicht die soziale Unterstützung hatte, übernahm Uschi die Aufgabe, Mucki zur Schule hin- und zurückzubringen. Diese Aufgabe erforderte viel Zeit und Organisation, dies ist Uschi hoch anzurechnen.

Mein Verhältnis zu Uschi wurde aber immer angespannter. Sie hatte mehr mit Mucki zu tun und ich spürte einen Abstand zu mir. Ich war noch dazu in dieser Zeit viel beruflich unterwegs. Manche Jahre fuhr ich rund 60 000 Kilometer. Über einen Wegzug aus der Familie kämpfte ich innerlich über Jahre während der langen Autofahrten. Wegen Mucki darf ich Uschi doch nicht verlassen, war mir immer präsent. Doch irgendwann war meine Entscheidung endgültig gefallen. Uschi fragte ich noch, ob ich meine Berufssituation ändern solle, um Mucki mehr bei mir zu haben. Doch ihre Antwort war deutlich: Mucki gehört zur Mutter. Ich mietete eine kleine Wohnung in der Nähe. Später zog ich in das halb fertige Ferienhaus im Bergwinkel, welches ich später zum Wohnhaus vergrößerte. Aber Uschi war fortan böse auf mich. Ich sollte mit Muckis Schule nichts zu tun haben. Sie wollte, dass ich keine Elternvertretung in der Schule übernehme.

Dadurch habe ich zu anderen Kindern mit Hilfebedarf wenig Kontakt bekommen. Mir blieben mit Mucki die Wochenenden, in denen ich sie zu mir nach Hause holte, und die Urlaube, die wir uns mit Mucki teilten. Ich wollte auf keinen Fall den Kontakt zu Mucki verlieren. Einmal hatte ich eine Weihnachtsfeier in der Nähe von Frankfurt und ich nahm Mucki mit. Plötzlich sagte sie, da geht es zu meiner Schule. Ich fuhr freudig in die Richtung und war dankbar, dass gerade noch in dem Schulpavillon geputzt wurde und alle Türen offen waren. Mucki nahm mich bei der Hand und ging direkt in ihren Klassenraum. Sie führte mich an ihren Platz: »Hier sitze ich, das ist mein Platz.« Mir kamen fast die Tränen. Aber ich war glücklich, dass ich nun wusste, wo sie täglich unterrichtet wurde. Sie war stolz und freute sich, mir ihre Schule und ihre Klasse zeigen zu können. Mehr Verbindungen zu ihrer Schule wollte ihre Mutter für mich nicht zulassen. Doch die Schulzeit in der anthroposophischen Schule für Heilerziehung tat Mucki sehr gut, sie lernte Schreiben und Rechnen. Allerdings musste Uschi sie bei den Schulübungen immer sehr intensiv begleiten. Sie lernte einiges über griechische Philosophen und noch so manches aus der Historie und von verschiedenen Ländern. Allerdings waren praktische Dinge, wie Schuhe binden oder Knöpfe und Reißverschlüsse zu schließen, nicht im Lehrplan. Mucki blieb bis zu ihrem 19. Lebensjahr in der Michaelschule und beendete dort die 12. Klasse.

Da die Schule nicht so in meinem Einfluss war, habe ich Mucki regelmäßig am Wochenende in den Bergwinkel geholt. Die Wochenenden begannen für uns meistens Freitagnachmittag. Ich fuhr von Wiesbaden zu ihrer Wohnung, die sie mit Uschi bewohnte, und wir fuhren dann in mein kleines Dorf. Oft haben wir in einem Restaurant gemeinsam gegessen oder für das Wochenende eingekauft. Mucki hatte zu den Obern und den Verkäuferinnen ein sehr angenehmes Verhältnis. Meistens freuten sie sich, Mucki in ihrer fröhlichen und höflichen Art wiederzusehen. Einige nannten sie »meine kleine Freundin«. Vor allem wollte sie die Vornamen ihrer »Gegenüber« wissen und auch die von deren Kindern. Ihr außergewöhnliches Gedächtnis ließ sie diese Namen noch nach vielen Jahren wiederholen. Ich konnte nur staunen.

Früh habe ich mit ihr meinen Freund, der eine Zahnarztpraxis hatte, aufgesucht. Was ich bis dahin nicht wusste, war, dass ein Downsyndrom-Merkmal auch in der nicht alltäglichen Zahnstellung lag. Aber Hami beruhigte mich: »Das Beste wird sein, dass du mit ihr alle drei Monate zu mir in die Praxis kommst, und wir reinigen ihre Zähne und entfernen ihren Zahnstein. Wenn wir dies über 25 Jahre schaffen, ist das eine gute Voraussetzung, ihre Zähne zu halten«, was uns gelang. Inzwischen mussten wir einen neuen Zahnarzt aufsuchen, da Hami leider krank wurde und verstarb. Aber ihre Zähne konnten dadurch gut erhalten werden. Erst in den letzten Jahren musste leider der eine oder andere Zahn gezogen werden. Mucki ist aber bei den regelmäßigen Arztbesuchen immer sehr tapfer. Ein Arzt sagte mir einmal, dass sie durchaus auch ein »anderes« Schmerzempfinden habe.

Über eine Situation bei unserer neuen Zahnärztin muss ich berichten. Mucki hatte an den oberen Backenzähnen eine Zahnfleischtasche zwischen zwei Zähnen und beim letzten Besuch wurde festgelegt, dass einer der Zähne gezogen werden muss. Eine Stunde vor dem Termin musste Mucki Antibiotika als Prophylaxe wegen ihres Herzfehlers nehmen. Bei der vorab durchgeführten Untersuchung stellte die Ärztin fest, dass beide Zähne in Ordnung und die Entzündung der Zahnfleischtaschen abgeheilt war. Sie empfahl vorerst keinen Zahn zu ziehen. Mucki war empört und wollte, dass der Zahn gezogen wird. Die Ärztin war völlig überrascht:»Meistens ist es umgekehrt, die Menschen möchten ihren Zahn nicht gezogen bekommen.« Mucki ließ sich nicht beruhigen, auch nicht mit lieben Worten der Ärztin:»Du musst mir vertrauen, ich will nur das Beste für deine Zähne und heute können wir ihn erhalten, zumal du ja schon einige Zähne nicht mehr hast!« Die Zahnarzthelferin bemühte sich ihrerseits ebenfalls um Mucki und streichelte sie.»Nein, ich will, dass der Zahn heute gezogen wird!« Die Ärztin sagte schließlich:»Wir ziehen deinen Zahn, wenn das Zahnfleisch wieder entzündet sein sollte!« Nach weiterem gutem Zureden kam schließlich Muckis erlösender Satz:»Na gut, dann tun wir so, als ob!« Und Margitta, ihren Schwestern, den Kollegen und Kolleginnen aus der Werkstatt erzählte sie:»Mein Zahn ist doch gezogen worden!«

Die Arztbesuche führten dazu, dass Uschi und ich Mucki bei allen erforderlichen Gesundheitsterminen begleiteten. Uschi übernahm die jährlichen und manchmal halbjährlichen Untersuchungen ihres Herzfehlers in der Kinderabteilung der Herzchirurgie der Gießener Universitätsklinik. Mucki hinterlässt in den Arztpraxen immer einen besonderen Eindruck. Sie verabschiedet sich meistens noch mit einem lieben Wort wünscht der Jahreszeit entsprechend einen guten Tag. Bis sie in das Wohnhaus zog, hielt sie ihre Papiere immer ordentlich in ihrer Handtasche und legte ihre Gesundheitskarte an der Rezeption vor, meist mit einem Kommentar. Aber im Wohnhaus wurde durch den Hausverantwortlichen eingeführt, dass alle Papiere der Bewohner jeweils in einer Mappe zusammen sind. Diese Mappen werden in einer Schublade aufbewahrt und bei Bedarf ausgegeben. Mucki war anfangs nicht bereit, ihre Papiere in die Mappe zu geben.

Bei unseren Arztbesuchen ergaben sich auch einmalige Situationen. Mucki hatte für mich sehr unterschiedliche »Nennungen«. Mal war ich Jorgischek, mal war ich Papa und mal war ich Schatzi. Manchmal nennt sie alle, mit denen sie spricht, nur Mausi. Bei einem Arztbesuch in der Hals-Nase-Ohren-Praxis sagte Mucki immer zu mir »Schatzi«. Die Frau Doktor fragte mich daraufhin: »In welchem Verhältnis stehen Sie eigentlich zu der Frau Sielaff?« Ich glaube, nachdem ich sagte, dass ich ihr Vater sei, war die Ärztin beruhigt. Es war gerade zur Zeit des Adventmarktes. Beim Verabschieden sagte Mucki noch: »Vielleicht sehen wir uns ja noch auf dem Weihnachtsmarkt.«

Mucki hat zu fast allen Menschen und vor allem zu Ärzten ein gutes Vertrauen und redet fast immer alle mit den Vornamen an. Dies kommt durch das Wohnen und Arbeiten in der Gemeinschaft Altenschlirf, in der sich alle Betreuer und zu Betreuenden mit dem Vornamen anreden. Alle unsere Versuche, es zu ändern und dass sie einen Arzt oder Doktor mit dem Nachnamen ansprechen sollte, hatten keinen Erfolg. Ich gebe zu, dass manch ein Arzt es sogar recht angenehm empfindet. Ich habe es inzwischen aufgegeben, sie zu verbessern. Manchmal bringt sie aber den Vornamen, besonders bei den Arzthelferinnen, durcheinander. Sie berichtigen Mucki dann geduldig, die dann nur »Ach, richtig« antwortet. Wenn ich sie drängelte und sagte, wir müssten uns wegen des Termins beeilen, war ihre Antwort oft: »Wir wollen … klingt viel freundlicher!« Wenn ich dann manchmal froh war, dass wir wirklich zur richtigen Zeit im Auto saßen und ich dann wusste, dass wir den Termin rechtzeitig erreichen, kam ihre entwaffnende Aussage: »Haben wir doch prima geschafft!«

Besuche bei uns im Haus

Da ich nicht in die schulische Entwicklung von Mucki eingebunden war, versuchte ich umso mehr mit ihr vieles an unseren gemeinsamen Wochenenden zu machen. Die Arbeiten am Haus kamen nur langsam voran, ich habe meistens allein gearbeitet. So bereitete es Mucki eine große Freude, auf der Baustelle, die Terrasse wurde langsam fertig, mit zu sägen oder zu hämmern. Wir hatten unsere Freude dabei. Ihr machte es nichts aus, dass eben manches in dem kleinen Haus noch nicht fertig war. Das Duschbad und die kleine Küche waren aber voll funktionsfähig. In der großen Sitzdusche konnte ich Mucki auch richtig baden, was sie besonders genoss.

Von einem Kollegen, mit dem ich in der Sanierung arbeitete, bekam ich einen sieben Jahre alten Nussbaum geschenkt. Da er schon einige Tage nicht mehr in der Erde war, beeilte ich mich, diesen Baum in dem Garten einzupflanzen. Es war November und schon dunkel, als ich mit Mucki das Loch aushob. Mucki, sie war gerade sechs Jahre alt, hielt mir die

Taschenlampe und wir nannten den Baum von nun an Mucki-Baum. Er entwickelte sich prächtig, nach drei Jahren musste ich allerdings unter dem Wurzelstock die Wühlmaus entfernen. Allerdings musste ich diesen Baum regelmäßig im Herbst kürzen, sonst würde er den gesamten Garten beschatten. Dies hatte allerdings zur Folge, dass ich nur zweimal überhaupt vereinzelte Nüsse ernten konnte. So bleibt er als Schattenspender bestehen und ich denke dadurch gerne an Mucki.

Ihre Ehrlichkeit und auch Freundlichkeit sind geradezu erfrischend. Allerdings kann es auch passieren, dass sie Menschen, die sie nicht so akzeptieren, deutlich ihre Abneigung zeigt. So geschehen beim Einkaufen im Supermarkt. Die Freundin, die sie nicht so mochte, bückte sich in den Einkaufswagen und Mucki saß darin. Sie kam gut an die Haare der Freundin und nutzte die Gelegenheit und zog richtig kräftig an deren Haaren. Jahre später konnte sie bei unserem Gespräch abends auf der Terrasse über Freundschaften dieses Beispiel immer als Beispiel über keine gute Freundschaft anführen. Mucki hat die Fähigkeit, Stimmungen frühzeitig wahrzunehmen. Zum Beispiel fragt sie einen Hereinkommenden manchmal direkt, warum er traurig sei. Ich hatte es noch gar nicht bemerkt.

Mich beschäftigte, dass ich Mucki immer die Schuhe zubinden musste. Also begann ich mit ihr Schleifen binden zu üben. Immer wieder übte ich, bis ich eines Tages Erfolg damit hatte. Heut ist dies kein Problem mehr, allerdings, da ich darauf achte, dass sie möglichst Schuhe mit Klettverschluss bekommt. So lernt man halt immer dazu. Ähnlich ist es mit Knöpfen und Reißverschlüssen an Jacken und Mänteln. Hierbei muss ich immer darauf achten, dass sie diese Verschlüsse leicht schließen kann. Sonst lässt sie sie einfach auf. Also heißt es auch hier: Immer üben, und wenn sie es schafft, sie zu öffnen und zu schließen, ist sie auch mit sich zufrieden.

Mucki haben wir ein kleines Fahrrad ohne Stützräder geschenkt. Nun wollte ich, dass sie auch das Fahrradfahren lernt. In dem Dorf gab es eine vielleicht fünfhundert Meter lange ebene Strecke. So lief ich immer neben dem Fahrrad mit Mucki auf dem Sattel, die fleißig die Pedale trat. Damit sie nicht umfiel, hielt ich den Gepäckträger fest und lief nebenher. Dieses »Spiel« ging halt immer von der einen zur anderen Seite, fast wie beim Hasen und Igel. So nach und nach gelang es ihr immer besser, die Balance zu halten. Aber damit sie nicht umfiel, lief ich die ganze Strecke weiter mit. Mein Atem wurde immer kräftiger. Mucki bemerkte dies und fragte: »Wieso schnaufst du denn so?« Als sie nach einigen Tagen immer besser fuhr, konnte ich sie sogar allein fahren lassen. Lediglich beim Starten benötigte sie oft noch Unterstützung. Für mich war es eine große Freude zu sehen, wie Mucki immer sicherer und zufriedener wurde. Es gipfelte in ihren Worten beim Vorbeifahren an den Kühen auf der danebenliegenden Weide: »Ich kann Fahrrad fahren! Ich kann Fahrrad fahren! Ich kann Fahrrad fahren! Ich kann Fahrrad fahren!«

Manchmal habe ich Mucki zu meinen beruflichen Terminen mitgenommen. Besonders sind mir die in den Bürgermeisterämtern im Grenzlandprogramm 1990 bis 1992 in Erinnerung. Ich hatte sie vor dem jeweiligen Termin gebeten, während des Gesprächs mit den Teilnehmern ruhig zu bleiben. Was damals hervorragend mit ihr funktionierte. Erst zum Abschluss des Gesprächs, wenn ich mich bedankte und weiter einen guten Tag wünschte, kam von Mucki noch ein besonderer Dank, wie: »Für Sie noch einen schönen Nachmittag«, oder: »Grüßen Sie Ihre Frau von mir«, oder: »Bis zum nächsten Mal«, oder: »Es hat mich sehr gefreut, dass ich dabei sein durfte«.

Während der Autofahrten mit ihr merkte ich, dass sie kurze Wörter immer leicht und flüssig lesen konnte. Schilder mit kurzen Worten las sie mir vor. Lange Worte versuchte sie in kleinen Abschnitten zu lesen. Beim Nachfragen beim Augenarzt kam heraus, dass sie diesen Augenfehler, eine Muskelschwäche, seit ihrer Geburt habe, und der könne nicht behoben werden. Ihre Augen versuchen Wörter immer scharf zu sehen und sind deshalb immer in Bewegung.

Manchmal drückt sie mit dem Finger gegen das Auge und scheint damit Wörter besser scharf zu sehen. Vielleicht hat sie diese Methode auch von mir angenommen. Ich selbst habe eine starke Augenachsverschiebung und durch Kneisten oder Drücken kann ich die Augenachse entspannen und dadurch scharf sehen.

Mucki nimmt alle Gespräche um sie herum auf und beschäftigt sich lange noch mit dem Inhalt. Sie ist nicht in der Lage zu selektieren, was für sie wichtig ist und was nicht. Dadurch kommt sie nicht zur Ruhe und vor dem Zubettgehen wird vieles von ihr noch einmal bedacht oder erwähnt. Für ihre dafür erforderliche längere Zeit benötige ich inzwischen viel mehr Geduld als früher. Wenn ich dann noch bemängele, dass sie so laut spricht, kommt manchmal die Antwort: »Ich bin nicht laut, ist der Weihnachtsmann oder manchmal auch Frau Schulze!« In ihrer Schulzeit hatte sie oft die Frau Schulze als die Verantwortliche ihrer Handlungen oder ihrer Worte genannt. Eigentlich hatte Mucki immer das Glück, dass Menschen in ihrer Umgebung immer viel Verständnis für sie aufbringen. Sie fühlt sich manchmal durch andere gestört, aber sie nimmt nicht wahr, wenn sie andere Menschen stört.

In einem Ferienhaus in der Rhön, wo wir mit Freunden den Jahreswechsel verbrachten, nervte sie ständig einen Freund von uns durch das ständige

Türenzuklappen. Sie konnte keine Tür offenstehen lassen, selbst nahm sie ihre Störungen auf andere nicht wahr. Andererseits ist sie wiederum lernfähig. Wenn man ihr geduldig Wünsche oder Gebote ruhig erklären kann, hat man dann meistens Erfolg und Einsicht bei ihr. Allerdings wird diese Einsicht mit ihrem Älterwerden leider geringer. Oder liegt es an meinem eigenen Älterwerden, dass die Geduld ihr gegenüber schwächer wird?

Manche Eigenarten aus ihrer Kindheit sind ziemlich aus ihrem Leben verschwunden. Zum Beispiel das Wedeln mit der Serviette. Mucki konnte die Stoffserviette immer so falten, dass sie eine schmale Serviette hatte, die sie dann umknickte, um mit dem freien Ende zu wedeln. Gleiches Spiel konnte sie ebenfalls mit ihrem Schal vollziehen. Heute macht sie dies manchmal noch mit Klopapier, wenn sie in ihren Gedanken gefangen ist. Für Geld hat sie kein richtiges Gefühl, sie möchte zwar uns oder ihre Schwester gerne zum Cappuccino einladen, aber sie weiß nicht, was fünf oder zwanzig Euro wirklich bedeuten. Allerdings hat sich bei ihr auch das Sparen von Trinkwasser »eingebrannt«, Wasser ist teuer, deshalb dreht sie gerne den Hahn ab. Doch beim Zähneputzen und Waschen ihres Gesichtes dreht sie den Hahn am liebsten voll auf.

Urlaube mit Mucki

Erste Bahnfahrt mit ihr nach Norderney in einem Abteil der Bundesbahn in einem Regionalzug. Damals waren meine beiden älteren Töchter K. und C. ebenfalls mit dabei. Mucki hatte vorher in der Schule die Zahlen gelernt. Sie zählte begeistert bis hundert. In dem Zugabteil waren zwischen allen Sitzen Armlehnen, die man rauf- und runterklappen konnte. Dies hatte Mucki entdeckt und fortan klappte sie die Armlehne und zählte dabei laut von eins bis einhundert. Beim Runterklappen machte dies einen richtigen Schlag. Plötzlich kam ein mitreisender Mann aus dem Nachbarabteil und bat darum, dass mit dem Klappen aufgehört würde. Bis Mucki aber bereit war, dem zu folgen, verging noch ein mehrmaliges Klappen. Schließlich schafften wir gemeinsam wieder Ruhe im Abteil.

Muckis Wunsch war, noch während ihrer Schulzeit einmal den Urlaub in Griechenland zu verbringen. Wir und sie waren aufgeregt bei unserem Flug in ihren Osterferien; denn es war überhaupt ihr erster

Flug. Während der Startphase hielten Margitta und ich ihre Hände und sie drückte kräftig zu. Da ich für uns bereits vor allen Fluggästen die Sitzplätze festlegen konnte, saßen wir in der ersten Reihe hinter den Piloten auf dem Flug nach Kreta. Damals waren die Bedingungen wesentlich lockerer als heute. Der Pilot sah Mucki und er bot ihr an, während des Fluges in das Cockpit zu kommen. Ich glaube, er ließ sie sogar den Steuerungsknüppel halten, nachdem er auf Autopiloten gestellt hatte. »Immer nur geradeaus!« Als Mucki wieder auf ihren Platz kam, strahlte sie uns an.

Bei einem Besuch eines Bergdorfes auf Kreta besuchten wir eine griechisch-orthodoxe Kirche und achteten nicht darauf, dass Mucki noch ein Stück Weißbrot in der Hand hatte. Ein Priester sah dies und bat uns mit Mucki und ihrem Brot wieder hinauszugehen. War für sie kein Problem. Für die Urlaubszeit hatten wir uns einen kleinen Wagen gemietet. Damit fuhren wir zum Abendessen in einen weiter entfernten Ort. Es war warm und wir aßen auf der Terrasse. Auf der Fahrt zurück zum Ferienhaus machten wir an einem Parkplatz eine kurze Rast und landeten wieder vor unserem Appartement.

Margitta nahm aus dem offenen Handschuhfach den Reiseatlas heraus, aber sie entdeckte, dass der große Brustbeutel mit allen Papieren und dem Geld nicht dabei war. Wo könnten wir ihn verloren haben? Als Erstes riefen wir in dem Restaurant an, doch leider fanden sie nichts. Dann brachten wir Mucki ins Bett und sagten ihr, dass wir noch einmal zu dem Parkplatz fahren würden, um zu suchen. Man konnte sie gut allein lassen und wir waren sicher, dass sie nichts anstellen würde. Aber auch dort fanden wir keinen Brustbeutel. Was blieb uns übrig, wir benötigten die Papiere auch für den Rückflug. Also gingen wir alle drei zur Polizei. In dem Gebäude wurden wir in das oberste Geschoss gebeten und dort nahm ein Beamter unseren Verlust auf. Ich konnte mich nur mit schwachem Englisch verständigen, aber irgendwie ging es.

Als wir wieder auf der Straße waren, kam Muckis Bemerkung: »Du kannst aber gut Griechisch.« Obwohl sie sogar in der Schule Englisch hatte. Als wir wieder am Appartement waren, schaute Margitta noch mal neben das Armaturenbrett und beklagte, dass die Kabel auch nicht ordentlich versteckt seien. Dabei zog sie unseren Brustbeutel heraus, der in einem kleinen separaten Fach über dem großen offenen Fach war. Der wiedergefundene Beutel ersparte uns einen nochmaligen Besuch bei der Polizei. Mit dem kleinen Leihauto fuhren wir über die Insel, um sie besser kennenzulernen. Dabei sprach uns auf Deutsch in einem Ort ein Mann mit Namen Jannis mit seinem größeren Fiat an. Wir würden ein Auto wie ein Briefkasten nach Christus fahren. Für wenig Geld würde er uns am nächsten Tag schöne Stellen in den Bergen von Kreta zeigen.

Wir verabredeten uns für den Tagesausflug und Jannis führte uns in seinem Auto an für uns seltene Sehenswürdigkeiten. Wir kamen in einem Bergdorf zu einem Bauernhaus, in dem im Winter die Frauen herrliche Häkeleien anfertigten. Laut Jannis häkeln die Frauen in den Bergen den ganzen Winter, sie haben ja sonst nichts. Uns gefiel eine weiße Häkeldecke, die wir kauften. Mucki freut sich immer, wenn wir diese auf eine einfarbige blaue Tischdecke zu feierlichen Anlässen auflegen. Dann führte er uns zu der Höhle eines Einsiedlers. Um sie zu sehen, mussten wir einen kleinen Berg besteigen, der Einsiedler war aber nicht anwesend. Mucki blieb die halbe Stunde mit Jannis, der ihr das Dorf zeigte. Ein Höhepunkt war die Besichtigung einer kleinen zweihundert Jahre alten Ölmühle, in der gerade frisches Olivenöl gepresst wurde. Eigentlich war es kein Pressen, sondern nur durch das Eigengewicht zusammengedrückte Oliven, deren Öl unten aufgefangen wurde.

Während der vielen Sommerurlaube in Nordjütland hatten Margitta und ich erst richtig die Gelegenheit, während der meistens drei Wochen Mucki länger zu begleiten und dadurch überhaupt besser kennenzulernen. Manches Jahr besuchten uns in Dänemark Muckis Schwestern mit ihren Kindern und den

Vätern ihrer Kinder. Dies waren Muckis Neffen und Nichten. Die Anfahrt mit dem Auto dauerte zwar immer einige Stunden. Doch wir hatten meistens in der Nähe von Kiel ein kleines Hotel mit einem Dreibettzimmer gemietet und wurden von Freunden aus Kiel bewirtet. Durch diese Freunde, sie war Dänin, mieteten wir immer die Ferienhäuser. Diese meistens sehr gut gestalteten und sauberen Ferienhäuser waren für uns so in der Nähe zum Strand der Nordsee ein wahres Idyll.

Muckis Start in unsere Urlaubsreise begann meistens mit einem früheren Wecken als gewohnt. Margitta begann dieses immer mit: »Reise, Reise, Reise!« Meistens war sie aber schon wach und das Waschen und Anziehen ging zügig voran. Oft haben wir uns das Frühstück für die Fahrt vorbereitet, sodass es etwas Besonderes war, im Auto zu essen. Dies wurde sogar viel wichtiger, nachdem wir die Reisen mehr auf die Ostfriesischen Inseln verlagerten, wegen der Fähr-Abfahrzeiten. Für Mucki war es immer wichtig, dass wir die Autotüren, vor allem hinten, nicht zumachten. Dies wollte sie machen, denn: »Die anderen und Solveig sind noch nicht drin. Barbara und die anderen sind schon dort und warten auf uns.« Wir nannten die verschiedenen Personen, die oft auch andere Namen hatten, ihre »Geister«. Meistens lächelte sie und sagte selbst: »Du weißt ja, meine Geister.«
Der erste Ort, den wir in Nordjütland nördlich

des Limfjords besuchten, war Slettestrand. Es war die Zeit, wo Mucki schon leidlich Fahrrad fahren konnte. Sie ging 1989 noch zur Michaelschule in Frankfurt-Griesheim. Für Mucki gab es schon ein eigenes kleines Fahrrad. Also nahmen wir für uns drei die Fahrräder mit, da wir annahmen, dass an der Nordsee alles schön eben sei und Mucki dort ihr Fahrradfahren verbessern könne. Dort lag unser Ferienhaus etwas höher als der Strand und wir mussten über die Straße mit unseren Fahrrädern fahren. Das Aufsteigen war eigentlich das Schwierigste für sie. Wenn sie erst einmal fuhr, war sie nicht zu bremsen. So einmal auf dem Weg zum Strand. Wir fuhren langsam auf der Straße und ich fuhr links neben ihr, um sie vor vorbeifahrenden Autos zu schützen. Damals hatte ich noch einen Tacho am Fahrrad, der die Geschwindigkeit anzeigte. Da es bergab ging, ließ Mucki es einfach laufen und wurde schneller und schneller. Ich sagte zu ihr:

»Bremsen, bremsen, bremsen!!!« Es half nichts, sie fuhr sicher neben mir und ließ es schneller werden. Ich schaute auf meinen Tacho. 36 Stundenkilometer war dort zu lesen. Konnte es wahr sein? Doch Mucki kam sicher auf der wieder gerade werdenden Straße voran und strahlte mich an. Sie ahnte nicht, dass ich mir Sorgen machte, sie könne vielleicht stürzen.

Wenn die Nordsee nicht so große Wellen hatte, begannen wir mit Mucki das Schwimmen zu üben.

Des Öfteren hatten wir mit der Nordsee Glück und manchmal war die Wasseroberfläche fast glatt. Erst hatte ich sie unter dem Bauch unterstützt und sie machte mit ihren Armen die Schwimmbewegungen. Nachdem dies einigermaßen bei ihr funktionierte, hielt ich sie so, dass sie dann auch mit ihren Beinen schwimmen konnte. Im Wasser gelang es mir, sie lange zu halten. Nach und nach konnte sie mehrere Schwimmstöße hintereinander machen. Ich ließ sie meine Taille mit ihren Händen umfassen und schwamm mit ihr im Schlepp so einige Meter. Nun versuchten wir es mit mehreren Stößen mit Armen und Beinen hintereinander. So standen Margitta und ich mit vielleicht vier Metern Abstand voneinander im Wasser. Auf der einen Seite Margitta und auf der anderen ich. Bei mir schwamm sie los und machte ganz schnelle Schwimmbewegungen hintereinander, sie atmete dabei ziemlich kurz und schnaufend. Dabei sagte Mucki fortwährend: »Stehen bleiben, bleib stehen!« Margitta hielt ihr ihre ausgestreckten Arme entgegen und ließ so Mucki an ihren Armen »anlanden«. Mucki konnte damals und bis heute nicht beim Schwimmen im Wasser ihre Beine einfach nach unten stellen. Als sie nun öfters selbstständig schwamm, machte ihr dies auch große Freude und schließlich wollte sie kaum wieder aus dem Wasser. Uns wurde schon langsam kalt im Wasser: »Wir möchten jetzt rausgehen.« Ihre Antwort darauf: »Noch ein bisschen, ist doch so schön«, obwohl sie schon fast blaue Lippen hatte. Heute muss das Wasser schon wesentlich wärmer für sie sein, wenn sie mit schwimmen möchte. Aber als Entspannung für sie gehörte nach dem Schwimmen immer das »Plansche-Plansche« dazu. Dabei hielt ich sie unter den Armen fest und sie strampelte mit ihren Beinen, sodass es ein aufschäumendes Sprudeln wurde. Als sie dann stolz wie Bolle einige Stöße schwimmen konnte, vergrößerten wir den Abstand zwischen uns. Heute schwimmt sie mit einem von uns oder einer ihrer Schwestern allein. Derjenige, der mit ihr schwimmt, muss ihr nur seine Arme entgegenstrecken. Das Losschwimmen kann sie wunderbar selbstständig, nur dauert es, bis sie dann endlich wirklich schwimmt.

Da es in dem dänischen Ferienhaus in Slettestrand nur eine ebenerdige Dusche und keine Badewanne gab, blieb für uns nur übrig, ihr das alleinige Duschen beizubringen. Für mich war es schon eine besondere Dusche, sie hatte nach drei Seiten senkrechte Nut und Federbretter und davor den Vorhang. Erst dachte ich, die Holzwand müsse durch das viele Wasser schnell faulen. Doch weit gefehlt, da das Wasser nach unten immer ablaufen konnte und die Bretter über dem Fliesenboden genügend Platz hatten, um abzutrocknen. Zuerst waren wir mit ihr in der Dusche, um ihr das Wasser einzustellen. Mucki wollte eigentlich immer mehr nur lauwarmes Wasser. So allmählich konnte sie mit der Dusche umgehen, ohne das Bad völlig unter Wasser zu setzen. Eigentlich beherrschte sie das Duschen allein hervorragend. Doch in den späteren Jahren ließ ihre Bereitschaft, selbstständig zu duschen, sehr nach. Ich weiß nicht, ob das nur aus ihrer Bequemlichkeit entstand oder weil es mit Unterstützung einfach schneller geht, was ihr Freude bereitet, weil sie früher fertig ist.

Margitta kam auf die gute Idee, mit Miriam im Urlaub aus Dänemark ein Tagebuch, von ihr geschrieben, zu beginnen. Muckis Schreibkünste waren ordentlich vorhanden, dank der unermüdlichen Hilfe von Uschi, ihrer Mutter, beim Schreiben für ihre Schule. Sie hatte nur eine Eigenart, wenn sie an das Ende der Zeile kam, nicht einfach mit der nächsten weiterzuschreiben, sondern sie schrieb in der gleichen Zeile wieder nach innen weiter. So war ihr Geschriebenes schlecht zu lesen. Also achtete Margitta, die immer dabei war, darauf, dass Mucki rechtzeitig die Zeile wechselte. Wir hatten ein Heft mit vorgegebenen Zeilen gekauft, welches sie sehr ordentlich und gut lesbar mit ihrem Reisebericht füllte. Später achtete Margitta darauf, dass Mucki nicht immer täglich das Gleiche schrieb, vom Frühstücken an den Strand gehen und Kaffee trinken. Mucki hatte natürlich manchmal auch wenig Lust zum Schreiben, manchmal erinnerte sie Margitta: »Ich möchte noch Tagebuch schreiben.« Allerdings funktionierte das Schreiben nur, wenn Margitta dabei war. Ich beobachtete die beiden, wenn

Mucki ein Wort nicht richtig schreiben konnte, hob sie den Kopf und fragte: mit »ie« oder einfachem »i«, mit »ck« oder »k«. Durch ihre Vorliebe »zurückzu-schreiben«, hörte ich immer wieder von Margitta: »Nein, trennen mit Bindestrich!«

> Meine Fahrt nach
> Dänemark
>
> 3. August 1989
> Ich fuhr nach Schles-
> bach wir waren beim
> Tille essen. Mir geht
> es gut
>
> 4. August 1989
> Ich war in Braun-
> schweig. Papi und ich
> haben den Dom und
> den Löwen besichtigt
>
> 5. August
> wir sind gefahren
> nach Kiel zu Yanne
> und Dieter. Hier hatten
> wir Pausen gemacht
> und sind ge. weiter ge-
> fahren. um 8 Uhr
> waren wir in Glette
> Strand
>
> 6. August
> wir sind mit dem
> Fahrrad zum Stand
> gefahren. Am Wasser
> sind wir rum ge-
> hüpft.
> Als sind wir mit
> dem Auto nach Fran...

In Dänemark haben wir uns meistens mit dem Essen selbst versorgt, zumal der Restaurantbesuch erheblich teurer war als bei uns zu Hause. Ich genoss es, dass wir den Fisch auch frisch, manchmal von einem Fischwagen direkt am Strand oder vor einem Supermarkt oder in Loekken im Fischhaus, kaufen konnten. Ich war überrascht, dass ich selten ganze Fische wie Kabeljau oder Schellfisch in dem Fischhaus bekommen konnte. Die Erklärung des Fischers war, dänische Frauen sind faul, sie möchten nur Filets verarbeiten. So konnte ich den Fischer beobachten, wie er Unmengen von Schollen durch eine Maschine mit zwei Rollen schob, einer Wäschemangel ähnlich. Er trennte nur den Kopf und den Schwanz der Scholle ab, schlitzte den Bauch längs auf und schob die Scholle durch die Rollen. Danach nahm er die zwei Filetstücke und zog mit einem Messer nur noch die Gräten aus einem Stück heraus. Fertig waren die Filets. Mit anderen Fischen machte er es ähnlich.

So konnten wir fast täglich frischen Fisch zubereiten, was uns allen sehr zusagte. Um die doch längere Rückfahrt mit dem Auto am nächsten Tag zügig zu ermöglichen und die Kofferpackerei zu entspannen, beschlossen wir am Abend vorher essen zu gehen. Wir suchten uns ein Selbstbedienungsrestaurant aus. Am Buffet zeigte ich Mucki und empfahl ihr die gebratenen und panierten Schollenfilets. Doch sie antwortete nur: »Nein, jetzt habe ich die ganze Woche Fisch gegessen. Jetzt will ich Fleisch, nämlich Schnitzel!«

Wir machten auch einige Ausflüge in Nordjütland, im ersten Jahr wollten wir unbedingt nach Skagerrak, dem nördlichsten Ort von Jütland, wo die Nordsee mit der Ostsee zusammentrifft. Irgendwie hatten wir uns den Zusammenfluss der beiden Meere mit mehr Wellen vorgestellt. Es war ein wenig an der unterschiedlichen Farbe des Wassers zu erkennen, aber sonst war es an dem Tage unseres Besuchs ziemlich ruhig. Zumal wir schon einmal auf einem großen Schiff die Meerenge vom Skagerrak durchfahren und ein ordentliches Schaukeln des Schiffes erlebt hatten. Da wir und andere Besucher die letzten Meter bis zum Wasser weit über den Strand laufen mussten, trafen wir auf viele Besucher und einen verängstigten

Nerz, der wohl aus einer Nerzfarm ausgebüchst war und nun ängstlich zwischen den Menschen hin und her rannte.

An einem anderen Tag besuchten wir ein kleines Museum in Hjörring. Dort wurden Exponate aus der Umgebung, Möbel und Kleidung ausgestellt und in einem Raum gab es Spielsachen aus der Vergangenheit. Für mich war es eine große Freude, dort die Bing-Lokomotive mit passenden Personenwagen meiner Spielzeugeisenbahn zu sehen. Dies war eine Lokomotive zum Aufziehen, die auf zusammenzusteckenden Schienen mit den Personenwagen und den Güterwagen fuhr. In meiner Kindheit spielten wir oft damit. Der große Nachteil war nur, dass die Schienen immer neu von uns verlegt werden mussten. Leider sind wir Kinder manchmal eben auch auf die Schienen getreten und wir mussten sie wieder richten. Ein geringer Teil meiner Eisenbahn steht heute noch bei mir im Bücheregal und ich bin glücklich, solche Erinnerung zu haben.

Am gesamten Nordseestrand von Nordjütland trifft man auf Spuren des Atlantikwalls. Die Bunkerreste sind teilweise als Museum zu besichtigen, z. B. in Hirtshals oder auch in Söndervig. Es ist erstaunlich, wie viele Betonklötze sich in den Dünen, teilweise mit Sand zugeweht, noch befinden. Manche Bunker wurden zu sprengen versucht, doch ohne Erfolg. Die

Zeit der Deutschen Besetzung im Zweiten Weltkrieg ist noch gegenwärtig. Ein anderes Ereignis aus dem Krieg kann man noch sehen. In der Gegend um Silkeborg gibt es viele Seen. Dort in der Nähe war das Oberkommando der Deutschen Wehrmacht Nord stationiert. Was aber den deutschen Soldaten fehlte, war der Sandstrand an den Seen zum Baden. So ließ der damalige Oberkommandierende den großen Strand mit Sand von der Ostsee aufschütten. Dafür fuhren Tag und Nacht dänische Lastwagen Sand an den See. Der dafür benötigte Dieseltreibstoff soll zum Dieselverlust im Angriffskrieg auf die Sowjetunion beigetragen haben. So die Meinung einiger Dänen, die stolz sind, dadurch den Krieg mit beendet zu haben.

Mit Mucki und ihren Schwestern wollten wir einmal an der Fischauktion in Hirtshals teilnehmen. Sie beginnt immer wochentags um 6:00 Uhr und geht wohl bis 12:00 Uhr. Da wir rund eine halbe Stunde Fahrt mit dem Auto hinzurechnen mussten, starteten wir entsprechend früh. Es war an den Tagen bis 30° C warm, doch sicherheitshalber nahmen wir für Mucki eine lange Strumpfhose mit. Die Auktionshalle am Hafen fanden wir auch gleich. Wir gingen in die Halle und waren von der Kühle erst mal überrascht. Dort waren nur 6° C und draußen hatten wir schon 22° C. So zogen wir Mucki gleich unter ihren Rock die Strumpfhose an. Meine Erinnerungen an

Auktionen waren, dass es dort immer sehr laut zu-
geht. Hier in Hirtshals das ganze Gegenteil. Es war
ausgesprochen ruhig. Ab und zu telefonierte ein Käu-
fer mit seiner Zentrale. Danach schlug er fast lautlos
auf einen Stapel mit den Plastikkörben, in denen die
Fische lagen, und fuhr die ganze Palette zu seinem
Stand. Was uns natürlich begeisterte, waren die verschiedenen Fische in den Körben: Lachse, Kabeljau,
Schollen, Rochen und Heilbutt waren dabei. Die Rochen waren oft sehr viel größer als die stapelbaren
Plastikfischkörbe.

zusammen. Ich bin öfter
im Wasser ... genossen.
Mir gefällt das Haus.
Ich will mir die Haare
vorsehen ... unser ...
stehen in einer ... Land-
schaft ... ...
Margita und Papa und ...
... ...

Ich komme ... nach
Hause. ...

ein Kuß für dich.

In der Nähe der Fischauktionshalle war ein Fisch-
geschäft, wo wir eigentlich Hummer kaufen wollten.
Doch der Hummer war bereits ausverkauft, so be-
gnügten wir uns mit Zangen von Krebsen. Davon
erwarben wir ordentlich viele, damit wir am Abend
in unserem Ferienhaus bei Loekken alle satt wurden. Bei warmem Sommerwetter und ohne Wind
deckten wir den Tisch auf der Terrasse. Jetzt kam
die Frage auf – wie knacken wir denn die Krebsteile?
Wir waren mit drei Autos in unsere Ferienhäuser
gefahren, also müssten wir drei Werkzeugkästen im
Auto haben. So deckten wir den Tisch, neben Messer und Gabel legten wir noch die Rohrzangen und
Flachzangen darauf, die wir in den Autos hatten. Im

Ferienhaus fanden wir ebenfalls noch entsprechendes Werkzeug. Es sah schon außergewöhnlich aus. Mucki haben wir die Krebsteile meistens ausgepult gegeben. Aber nach dem besonderen Essen war ihre Meinung:»Machen wir nicht wieder, ist zu viel Aufwand.«

Ein Jahr waren wir in einem Ferienhaus in Blockhus. Es war Zufall, dass gerade zu unserer Urlaubszeit das neue Ferienhaus von unseren Freunden in Loekken errichtet wurde. Mich hatte der Holzbau sehr interessiert und so verfolgte ich fast täglich den Baufortschritt. Nur zwei Handwerker waren auf der Baustelle, erst mauerten sie drei Reihen Fundament-Stein und legten alle Anschlüsse für Strom, Wasser und Abwasser zwischen die Fundamente. Als Nächstes betonierten sie die Betonplatte für die Küche und das Bad. Danach stellten sie die vorgefertigten Holzteile mit den eingebauten Fenstern und Türen auf. Anschließend folgten das Dach und dann die innere Wärmedämmung, die mit den inneren Holzteilen abgeschlossen wurde. So war in gut zwei Wochen das Ferienhaus winterfest bewohnbar, für mich erstaunlich schnell und dadurch kostengünstig.

Im nachfolgenden Jahr verbrachten wir in diesem neuen Ferienhaus unseren Sommerurlaub. So konnte ich feststellen, dass es wunderbar und zufriedenstellend hergerichtet war. Vielleicht ist die schnelle

Bauweise aus Holz auch der Grund für die zahlreichen guten Ferienhäuser in Dänemark. In unserem Haus in Loekken hatten wir großzügig jeder ein eigenes Schlafzimmer. Mucki liebte es, mit ihren »mitgefahrenen Geistern« immer in ihrem Zimmer Abendlieder zu singen. Eines Abends vor dem Essen kam ich an ihrer Zimmertür vorbei und Margitta ermahnte mich, dass ich nicht über Barbara stolperte. »Die ist eben aus dem Zimmer geflogen! Sie hatte gestört und Mucki hatte nur dreimal raus, raus, raus gerufen!« Damals konnte Mucki noch hervorragend singen, viele Volkslieder und Lieder zu den Jahreszeiten. Ein Freund behauptete sogar, sie hätte ein absolutes Gehör. Sie spielte damals auch sehr intensiv Flöte. Das Besondere war, wenn sie manchmal den Ton auf der Flöte nicht gleich traf, setzte sie die Flöte kurz ab und sang den entsprechenden Ton.

Ein anderes Jahr verbrachten wir gemeinsam den Sommerurlaub in dem Ferienhaus unserer Freunde in Grönhöj. Dies sollte das letzte Ferienhaus der Freunde sein, welches sie besaßen und nur an ihre Freunde vermieteten. Dieses Haus stand direkt auf der Düne und hatte dadurch keine große Rasenfläche, sondern nur eine Terrasse um das ganze Haus. Danach begann in Richtung Nordsee bereits die Düne. Man konnte aus der Badewanne ungestört die Wellen der Nordsee verfolgen. In dieses wunderschöne Ferienhaus konnten wir leider nach dreimaligem

Aufenthalt nicht mehr kommen, da es von unseren Freunden verkauft wurde. In Jahren danach wohnten wir in einem nicht mehr so neuen Ferienhaus, was natürlich schon Abnutzungspuren zeigte.

Eine Erinnerung ist mir noch sehr bewusst. Margitta und ich stellten plötzlich fest, dass Mucki nicht mehr gut hörte. Wir gingen vom Meer eine steile Holztreppe auf die Düne hoch und fragten Mucki etwas und sie gab keine Antwort. Später fragten wir: »Wollen wir Eis essen gehen?« Keine Antwort. Wir wiederholten: »Oder wollen wir lieber schon essen gehen?« Wieder keine Antwort. Als wir wieder zu Hause waren, besuchten wir eine Ohrenärztin. Sie stellte fest, dass Mucki sehr enge Gehörgänge hat, die sich leider sehr mit Ohrenschmalz zugesetzt hatten. Es war so stark verstopft, dass sie mehrmals zum Ausspülen kommen musste. Seit dieser Zeit wissen wir dies und gehen jedes Jahr mit ihr zum Ausspülen ihrer Ohren zu dieser Ohrenärztin und Muckis Hörprobleme existieren nicht mehr.

Mitunter kamen von Mucki Wünsche, wo sie gerne den Urlaub verbringen möchte. So zum Beispiel, einmal in das Elbsandsteingebirge zu fahren. Oft wollte ich, dass sie auch mal mit einer Feriengruppe der Gemeinschaft in den Urlaub fährt. Doch auf meine Frage kam immer die gleiche Antwort: »Die Frage hättest du dir sparen können, ich fahre mit euch!« Als wir an der Elbe in Bad Schandau Quartier bezogen, war das schreckliche Hochwasser gerade erst zwei Jahre vorbei und wir sahen noch viele Häuser und Restaurants, die notdürftig wieder genutzt wurden. Im Elbsandsteingebirge merkten wir natürlich nichts von den Schäden. Ebenso wollte Mucki in einem Sommer an den Bodensee. Wir erklärten uns ihren Wunsch damit, dass der Bruder eines Mitarbeiters, der in einem anthroposophischen Heim in der Nähe des Bodensees wohnte.

Ein außergewöhnliches Erlebnis hatten Margitta und ich mit Mucki, als wir uns entschlossen, Silvester auf Baltrum zu verbringen. Um unabhängig vom Wetter zu sein, wählten wir die Bundesbahn. Erst über Frankfurt und im IC nach Köln lief alles pünktlich. Doch im Regionalzug auf der Strecke nach Münster hatten wir eine Verspätung. Erst sagte uns der Zugbegleiter: »Ach, die zehn Minuten holen wir wieder ein.« Leider kam es viel schlimmer. Der Zug blieb noch mehrmals stehen. Wir erkannten, dass wir den Anschlusszug in Emden wohl nicht mehr bekommen und damit die letzte Fähre verpassen würden. Ich versuchte am Telefon jemand von der Reederei zu erreichen, aber es war Samstagnachmittag und bald Jahresende. Jedenfalls hatte ich keinen Erfolg. Auch die Möglichkeit, ein Wassertaxi zu nutzen, gab es zu der Zeit nicht. Nach dem Telefonat unserer Zugbegleiterin mit einer anderen Dienststelle sollte uns in Emden am Bahnhof ein Bahnbeamter empfangen, der uns dann weitere Möglichkeiten eröffnen könne, wie wir am gleichen Tag noch nach Baltrum kommen könnten. Kein Mensch empfing uns und ich versuchte in der Leitstelle eine Auskunft zu erhalten. Inzwischen schloss sich uns dreien ein Ehepaar im mittleren Alter an und ich erfuhr: In Norddeich würde uns ein Taxi abholen und zu einem Hotel bringen und die Bahn übernimmt die Übernachtungskosten mit Frühstück. Mucki hatte erst furchtbar protestiert, sie wollte eben heute nach Baltrum. Aber sie beruhigte sich schließlich durch gutes Zureden. Wir konnten es halt nicht ändern.

Am nächsten Morgen wurden wir von der gleichen Taxe nach Norden gebracht, um mit dem Bus nach Neßmersiel zu gelangen. Endlich bestiegen wir die Fähre und landeten auf Baltrum. Den Silvesterabend verbrachten wir in einer Gaststätte. Um kurz vor 24:00 Uhr strömten alle Gäste nach draußen, um selbst Feuerwerkskörper anzuzünden oder sich das Feuerwerk nur anzusehen. Für die kleine Insel war dies schon ganz ordentlich. Der Blick auf die dunkle Nordsee war nicht so ergreifend wie die Sonnenuntergänge, die wir dort oft sahen.

Mit Mucki waren wir mehrmals im Sommer auf Norderney. Dort besuchten wir das Restaurant Cornelius direkt an der Strandpromenade. Einmal saßen wir im Raum und es näherte sich auf der Außenseite

63

der Glasscheibe ein junger Mann. Er entdeckte Mucki und kam an unseren Tisch. Er hätte Erfahrung mit solchen Menschen und lebte in einer besonderen Wohneinrichtung. Er wollte sich an unseren Tisch setzen. Die Bedienung erkannte den jungen Mann, der wohl bereits mehrmals Gäste belästigt hatte, und verwies ihn des Restaurants. Aber er ließ sich nicht abschütteln und stand dann noch lange vor der Glasscheibe. Mucki bekam Angst: »Der soll weggehen!« Schließlich kam die Bedienung und ließ uns über den Nebenausgang in eine andere Richtung herausgehen. Mucki war auf dem ganzen Weg sehr aufgeregt und rannte fast, um in unser Appartement zu kommen. Am nächsten Morgen hatten Margitta und Mucki vor, sich den Sonnenaufgang von einer Aussichtsbrücke anzusehen. Sie standen dort oben und unvermittelt kam ein junger Mann mit seinem Fahrrad und erweckte den Anschein, sich auf die Aussichtsbrücke zu begeben. Mucki klammerte Margitta fest und fragte: »Ist das der Mann von gestern?« »Nein!«, und Mucki war wieder beruhigt.

In dem gleichen Restaurant während eines anderen Sommerurlaubs ging Mucki auf das Damen-WC im Untergeschoss. Uns fiel nur auf, dass sie übermäßig lange nicht wieder an unserem Tisch war. Da kam ein anderer weiblicher Gast von unten hoch und sagte: »Da ist jemand, der ruft im WC.« Ich lief sofort runter und hörte sie: »Ich kriege die Tür nicht auf!«

Wir gingen zur Bedienung, ob sie nicht einen Schlüssel hätten, um die Tür von außen aufzusperren. »Der Chef ist schon zu Hause und der hat den Schlüssel.« Mucki blieb trotz unseres Verwunderns, dass kein Schlüssel vorhanden war, ganz ruhig. Wir bekamen die Tür nicht auf. Schließlich kamen zwei Herren aus der Küche und versuchten es mit Kraft, aber ebenfalls ohne Ergebnis. Der Größere kletterte schließlich in das WC und stand nun neben ihr und hob die Tür nach oben mithilfe seines Kollegen, der die Tür ebenfalls hochhob, und Mucki konnte heraustreten.

Als wir für den letzten Sommerurlaub überlegten, ob die Insel Baltrum in Ostfriesland nicht ein schönes Ziel wäre, kam ihr prompter Protest. »Nicht wieder nach Baltrum, da kenne ich ja jede Straße!« Kurze Zeit später war sie aber wieder von dem Urlaubsziel begeistert. Wir waren nach unseren Dänemarkurlauben immer gerne mit ihr auf den Ostfriesischen Inseln und vor allem auf Baltrum. Die Insel ist überschaubar und autofrei. Es gibt dort sogar nicht mal einen Fahrradverleih, nur eigene Fahrräder darf man mitbringen. Es ist eine echte Familieninsel mit einem herrlichen Sandstrand. Siebenmal hatten wir die Insel Baltrum aufgesucht und in den verschiedenen Ferienwohnungen gewohnt.

In allen Urlauben und wenn wir sie nur kurz bei uns hatten, lud uns Mucki immer gerne zum Essen in ein Restaurant oder zum Kaffeetrinken in ein Café ein. Sie bevorzugte meistens einen Cappuccino mit viel »Sahneschaum«. Früher hatte sie alle ihre Ausweispapiere immer selbst verwaltet. Doch im jetzigen Wohnhaus fanden die Verantwortlichen es besser, dass auch Mucki eine Dokumentenmappe erhält, die im Haus verbleibt und uns Eltern immer mitgegeben wird, wenn wir sie zum Arztbesuch o. ä. abholen. Erst war Mucki gar nicht einverstanden. Aber inzwischen ist sie es, die daran erinnert und fragt: »Hast du auch die Papiere?«

Mucki in der Gemeinschaft

Mucki besuchte die Michaelschule bis zum Abschluss ihrer 12. Klasse. So lange durfte sie in dieser anthroposophischen Sonderschule bleiben. Ein großer Dank geht an Uschi, ihre Mutter, die ihr unermüdlich bei ihren Hausarbeiten half und meistens dabeisaß. So lernte sie richtig lesen und schreiben. Mit dem Rechnen ging es nicht ganz so. Inzwischen wissen wir, dass sie aber einen angeborenen Augenfehler hat, der nicht korrigiert werden kann. Dadurch kann Mucki eigentlich nur ca. fünf Buchstaben mit einem Blick erfassen. Es ist ebenfalls eines von vielen Downsyndrom-Merkmalen. Deshalb zögert sie beim Lesen immer bei längeren Wörtern und liest nicht flüssig.

Seit Muckis 20. Lebensjahr wohnt und arbeitet sie in der Lebensgemeinschaft im Vogelsberg. Es war eigentlich so gedacht und geplant, dass Mucki direkt nach der Schule in die Wohngemeinschaft einziehen sollte. Nun, manches geht einfach nicht so schnell. Es gab noch keinen Platz in einem entsprechenden

Wohnhaus. Das entsprechende Haus für die neue Hausgemeinschaft musste erst noch gebaut werden. Uschi versuchte mehrmals für Mucki eine neue Wohnlösung zu finden. Wir wussten, welche Probleme mit geistig behinderten Menschen auftreten können, wenn die leiblichen Eltern oder Bezugspersonen, aus welchem Grund auch immer, ausfallen. Oft werden die Menschen dann einfach in Altenheime gebracht, wo sie manchmal nur so dahindämmern. Dies wollten wir unbedingt vermeiden. Deshalb suchten wir für Mucki frühzeitig eine neue Wohn- und Arbeitslösung außerhalb der Familie. So wie andere ab einem bestimmten Alter ihr Elternhaus verlassen, sollte es ebenfalls für Mucki möglich werden.

So kam es, dass Mucki noch nicht direkt nach der Michaelschule in die Gemeinschaft kommen konnte. Schließlich wurde uns eine vorläufige Möglichkeit des Wohnens in einem Wohnhaus im Nachbardorf angeboten, die wir gerne annahmen. Es war ein kleines Doppelzimmer, in welchem bereits N. wohnte. Sie war ein wenig älter als Mucki und ebenfalls ein »Downie«. Als ich mir die Zimmermaße ansah, vor allem die Seite, wo Muckis Bett hinsollte, war ich enttäuscht. Ein Regalschreibtisch, wie ich ihn mir vorstellte, passte nicht hin. Margitta kam auf die glänzende Idee: »Mucki ist doch ein Pitter??? Und sie wächst doch nicht mehr. Mache doch einfach das Bett kürzer.«

Da ich nicht allzu viel bisher für Mucki machen konnte, außer den Besuchen und den Urlauben mit uns, wollte ich unbedingt alle Möbel für sie selbst anfertigen. Mir gelang es, mit einem Bett von einer Länge von 185 cm und einer Breite von 100 cm für den Regalschreibtisch noch 85 cm zu haben. So ging ich ans Werk, bestellte im Holzhandel die Kiefernbretter und die Verbindungsteile. Es sollten auseinandernehmbare Möbel werden mit runden Ecken und Kanten. Ich habe schon viele Möbel gebaut, doch die für Mucki waren meine am besten und mit aller Liebe gebauten. Nachdem die Bretter aus Kiefer-Leimholz alle zugeschnitten waren, fertigte ich alle Möbel in meiner Kellerwerkstatt. Außer dem Bett mit zwei großen Bettkästen für Schuhe waren dies der Regalschreibtisch mit offenen Fächern oben und unten und zwei Schubladen. Zusätzlich, so fand ich, benötigte sie auch noch einen Nachttisch, den ich so groß wie den Hocker für den Schreibtisch baute.

Inzwischen erfuhr ich, dass in der Holzwerkstatt der Wohngemeinschaft alle Möbel, die sie fertigten, immer eingeölt wurden. So beschloss ich, dies ebenfalls zu machen. Ich nahm alle meine einzelnen Möbelteile mit in das Wohnhaus im Nachbardorf und begann im Keller diese Teile mit dem Öl aus der Holzwerkstatt zu ölen. Der Geruch des Öls kommt mir noch heute in die Nase, wenn ich daran denke. Für mich war diese Tätigkeit, die mehrere Stunden in Anspruch nahm, aber in anderer Weise sehr bedeutsam. Ich hörte erstmalig in meinem Leben so viele Menschen, die Hilfe benötigen, und stellte ihre Verschiedenartigkeit für mich fest. Es war ein bisschen wie Musik für mich und ich war glücklich, so aktiv etwas für Mucki zu tun. Einen Tag musste ich die geölten Holzteile noch ruhen lassen, aber dann ging es an das Aufbauen in dem kleinen Zweibettzimmer im Untergeschoss. Ich war begeistert; denn es passte alles. Erst baute ich hinter der Tür das Bett mit 185 cm Länge ein, danach den Regalschreibtisch mit 85 cm Breite mit dem Hocker und zum Schluss den kleinen Nachttisch. Die neuen Kiefernmöbel in dem kleinen Zimmer machten es sehr gemütlich, es würde Mucki ebenfalls gefallen.

Mucki selbst war anderen Menschen aus dem Wohnhaus gegenüber stolz, dass ich die Möbel für sie alle gebaut hatte. Später, als sie in einem anderen Wohnhaus ein Einzelzimmer bezog, habe ich die Möbel noch um zwei Regale und ein Badezimmerregal mit Beleuchtung ergänzt. Hervorragend war natürlich, dass sich die Teile alle auseinandernehmen ließen und ich sie entsprechend der Raumsituation ändern konnte. Der Ölgeruch hielt mehrere Monate an, da Mucki zu dieser Zeit in der Holzwerkstatt arbeitete, hatte sie den Geruch des Öles ohnehin schon in ihrer Nase.

Ihre Mitbewohnerin in dem kleinen Zimmer war N., die seit einem Dreivierteljahr schon in dem Haus wohnte. Sie fühlte sich immer wie eine Prinzessin, weil es ihr so gut ging. Sie schrieb auch gerne über ihr Leben als Prinzessin in ein Heft. Wir mochten sie und Mucki kam ebenfalls mit ihr zurecht. Ihre Schrift war besser als die von unsrer Tochter und sie konnte gut stricken und häkeln. Irgendwie mochte sie mich und häkelte mir einen blauen Wollschal, den ich gerne im Winter unter dem Anorak trug und noch trage. Die damaligen Hauseltern des Wohnhauses hatten ein kleines Baby. Sie waren erfreut, als wir ihnen vorschlugen, wir könnten mit allen Bewohnern, acht eingeschränkte Menschen, des Hauses am ersten Mai bei schönem Wetter eine Wanderung von dem Dorf des Wohnhauses zu den Werkstätten machen. So geschah es an diesem Feiertag, dass wir die vier bis fünf Kilometer durch den Wald und die Wiese liefen. Die Gruppe ging mit Margitta und mir vorbildlich. An Weggabelungen blieben die »Vorläufer« stehen und warteten auf den Rest der Gruppe. Im Café der Gemeinschaft wollten die Gäste und die Bediener nicht glauben, dass wir zu Fuß dort angekommen waren. Zurück gingen wir den gleichen Weg durch die schöne abwechslungsreiche Landschaft, Wald und Wiesen, des Vogelsberges. Nach der langen Wanderung waren die Beteiligten froh über ihre großartige Leistung, aber auch müde und abgekämpft.

Die Gemeinschaft hat viele Werkstätten, in denen die ihnen anvertrauten Menschen arbeiten können. Für Mucki bedeutete dies, dass sie die ersten zwei oder drei Jahre im Berufsbildungsbereich arbeitete. Diese Zeit ist so gestaltet, dass sie in mehrere Werkstätten kommt, um später festzustellen, wo sie dauerhaft arbeiten möchte. Sie begann in der Bäckerei, wo sie nicht so gerne blieb, da ihre Aufgabe dort nur war, die Schüsseln auszuwaschen. Wochen später arbeitete sie in der Käserei, die ihr ebenfalls nicht so zusagte. In der Landwirtschaft und der Parkpflege wolle sie gar nicht arbeiten, war ihre Aussage. Am besten gefiel ihr das Arbeiten in der Holzwerkstatt, in dem Bereich, wo die Schleifarbeiten per Hand zu bewältigen waren. Die Holzteile für Brettchen, Tabletts, Rahmen und anderes wurden mit Maschinen auf den Flächen geschliffen. Die abgerundeten Kanten mussten anschließend von Hand geschliffen werden. Diese Aufgabe führte nach zwei Jahren zu der Aufnahme als ständiges Mitglied der Holzwerkstatt. Hier blieb Mucki mehrere Jahre und sie fühlte sich dort wohl. Sie wurde morgens mit dem Kleinbus vom Wohnhaus in die Werkstatt gebracht, zum Mittag wieder zurück in ihr Wohnhaus gefahren. Am Nachmittag wiederholte sich alles. Mitunter gab es Rangeleien unter den Mitfahrenden. Wer darf neben wem sitzen? Wer darf vorne sitzen?

Wir Eltern wurden gebeten, beim Fertigstellen des Wohnhauses, dies war das eigentlich für Miriams

Klasse vorgesehene Wohnhaus, Malerarbeiten durchzuführen. An mehreren Wochenenden begannen wir mit den Malerarbeiten in den kleinen Bädern, die zu einigen Zimmern gehörten. Ich weiß noch, wie eng es mit der Leiter in den Bädern war und wie ich versuchte, noch die Farbe an die Wände und die Decken zu rollen. Alle waren auf ihre getane Arbeit stolz. Für zwei Bäder, eins für Mucki, habe ich noch kleine Holzregale mit Spiegel und Beleuchtung angefertigt, natürlich wieder aus geöltem Kiefernholz. Als sie im neuen Wohnhaus wohnte, musste sie nicht mehr mit dem Bus zum Arbeiten in die Werkstatt fahren, sie konnte nur den Berg herunter zu Fuß ihre Holzwerkstatt erreichen.

Zu ihrem Zimmer gehörte sogar ein Balkon, den ihre Mutter und ich noch mit Balkonmöbeln gestalteten. Doch so, wie wir dachten, wurde der Balkon von ihr gar nicht genutzt. In ihrem neuen Zimmer konnte ich noch einige Regale ergänzen, sodass sie ein schönes im »Kiefernholz-Design« möbliertes Heim mit eigenem Bad hatte. Wir waren mit der Wohn- und Arbeitslösung für Mucki zufrieden und glücklich. Doch sie hatte mit einem zu betreuenden Mitarbeiter der Holzwerkstatt Probleme. Eigentlich schwärmte sie sogar für ihn, aber mit dieser Verliebtheit konnte sie nicht umgehen und wollte urplötzlich nicht mehr in die Holzwerkstatt.

Sie wechselte in die Wollwerkstatt in die Nähe ihres ersten Wohnhauses, was aber wieder zu viermaligen täglichen Busfahrten von und zur Werkstatt führte, zwar im Kleinbus, aber wieder mit täglichen Rangeleien um die Plätze. In der Wollwerkstatt webte sie zu Beginn auch Teppiche und kleine Wolluntersetzer. Mucki hat durch ihren angeborenen Sehfehler keine gute Möglichkeit, feine Fäden zu sehen, und so bevorzugte sie das Aufwickeln von gefärbter Wolle für die Teppiche. Stolz war sie auf die in der Werkstatt hergestellten Teppiche, die nun auch bei uns, ihrem Zimmer in Gravenbruch und in ihrem Zimmer im neuen Wohnhaus lagen. Mit den Hausverantwortlichen in diesem Haus klappte es mit Mucki nach einigen Jahren nicht mehr gut. Sie zog in ein weiters Wohnhaus der Gemeinschaft, nicht weit vom bisherigen Wohnhaus entfernt. Dort lebte auch ein junger »Downie«, für den sie schwärmte. Es ging so weit, dass sie ihn zum Cappuccino nach der Arbeit in das kleine Café einlud. Auf meine Worte: »Um ihn musst du dich nicht bemühen, der hat doch eine Freundin!«, ihre Antwort: »Wieso, die ist doch zur Kur!«

Eines Tages rief sie bei uns an, nun muss man wissen, dass Mucki so gut wie nie selbst von sich aus mit uns telefonierte: »Es ist ein Notfall, ich bekomme keine Medikamente!« Als ich mal zur Abendzeit im Wohnhaus war und die ganze Gruppe von den Abendkursen zurückkam, standen alle Bewohner an, um sich ihre Tabletten in kleinen Gläsern geben zu lassen. Mucki bekam mal kurzfristig ebenfalls Tabletten, und als diese Tablettenzeit ausgelaufen war, folgte eben ihr bewusster Anruf. Nach einigen Jahren wechselte sie ihren Arbeitsplatz wieder zur Holzwerkstatt, wo sie zu Fuß hingehen konnte. Nur mit der Pünktlichkeit zum Beginn in der Werkstatt funktionierte es nicht immer. Insgesamt hatten wir den Eindruck, dass Mucki immer langsamer und müder wurde. Hinzu kam noch, dass sie sich öfters in die Hosen machte und manchmal sogar ihr großes Geschäft. Uns wurde empfohlen, dass sie nachts eine Windel tragen sollte. Wir stellten fest, dass sie meistens zu spät zur Toilette ging und dann die Hose nicht rechtzeitig öffnen konnte. Schlimm wurde es für uns und ihre BetreuerInnen im Haus, als sie sogar manchmal ins Bett machte. Im Bett aß sie oft Chips und Süßigkeiten, die sie im Laden der Gemeinschaft kaufte. Wir sahen bei einem Besuch die »Essspuren« in ihrem Bett. Sie wurde immer rundlicher und schwerfälliger, außerdem sah sie gealtert aus. Morgens kam sie nicht aus dem Bett, da sie nachts oft ihr Zimmer mit ihrer Kleidung dekorierte oder einige ihrer Zettel beschriftete. So kam sie nicht in ihre Nachtruhe. Es führte zur Überforderung der Verantwortlichen, mit Muckis Art zu leben und zu sein. Sie ließen sie einfach schlafen und erst zum Mittagessen kam sie aus ihrem Zimmer.

Dieser Zustand war für alle Beteiligten äußerst unbefriedigend. Wir hatten zu einem früheren Zeitpunkt die hessischen Konsolenten eingeschaltet. Sie empfahlen für Mucki möglichst täglich kleine Zuwendungszeiten morgens und abends, damit sie eher in die Nachtruhe kommen kann. So stimmten Uschi und ich dem Vorschlag zu, mit Mucki einen Termin in der psychiatrischen Klinik in Haina zu vereinbaren, was wir auch taten. Zu einem weiteren Termin kam die Hausverantwortliche ebenfalls mit. Der dortige Arzt sagte einen für mich wertvollen Satz: »Wir können Ihre Tochter hier behandeln, aber wenn sie zurückkommt, fällt sie wieder in ihr altes Verhalten! Sie müssen das Problem mit ihr vor Ort lösen!«

Dies veranlasste mich zu fordern, dass Mucki wieder in ein anderes Wohnhaus kommt. Was natürlich nicht gleich möglich wurde. Aber der neue Hausverantwortliche eines weiteren Wohnhauses war bereit Mucki zur Probe zu nehmen. Diese Probe war für uns Eltern ebenfalls eine große Belastung, da wir nicht wussten, wie es mit ihr weitergehen solle. Wo kann sie wohnen? Wo kann sie arbeiten? Müssen wir wieder eine neue Einrichtung suchen?

Die große Freude kam auf, als ich sie von einer kleinen Reise aus anrief und sie selbst sagte: »Übrigens, ich gehe morgens wieder in die Holzwerkstatt!« Auf meine Nachfrage bei dem Verantwortlichen erfuhr ich: »Du bist gesund und wer gesund ist, der muss arbeiten gehen!« Vielleicht waren es die neuen Menschen, die ihr assistierten, oder nur die neue Umgebung. Jedenfalls waren wir sehr froh, dass Mucki nun wieder einen geregelten Tagesablauf hatte. Sie nahm wieder ab und ihr Äußeres zeigte wieder Fröhlichkeit und Interesse. Alle ihre Hosen und Röcke waren von nun an einfach zu groß. So bekam sie neue Kleidung und sie sah durch ihr neues Äußeres nicht mehr so pummelig, wieder viel besser und zufriedener aus.

Für den Hausverantwortlichen war Mucki sogar der Sonnenschein mit ihrer oft sehr guten Laune. Mucki schwärmte für ihn sogar sehr und sie meinte, er klopfe nachts manchmal an ihre Tür. Für Uschi und mich sowie für Margitta war es immer gut, dass sie dort in der Gemeinschaft lebt und einen geregelten Tagesablauf hat. Mit allen Menschen, die sie begleiten oder ihr assistieren, haben wir ein gutes Verhältnis entwickeln können. Wobei wir deren Arbeitseinsatz bewundern und ihnen danken für ihre Geduld und Kraft sowie die gute Zusammenarbeit. Vor allem auch für die morgendliche und abendliche Hygienepflege von ihr. Eine Betreuerin sagte mir mal: »Das machen wir doch gerne und die Geduld, die lernt man mit der Zeit.«

Wir ermöglichten ihr einen Klavierunterricht im Haus; denn dort gab es einen Stutzflügel, der allerdings erst wieder gestimmt werden musste. Erst sollte sie mit einer Betreuerin gemeinsam Klavierunterricht haben, doch die verzichtete für Mucki, die so nun weitere Stunden wahrnehmen konnte. Als ich sie einmal anrufen wollte, war ein Mitbewohner am Telefon, der nur sagte: »Es geht jetzt nicht, sie spielt so schön Klavier und wir hören zu.« Wobei sie meistens ihre eigenen »Bach-Variationen« auf die Tasten brachte, nur zu Weihnachten oder zu bestimmten Jahreszeiten spielte sie auswendig die entsprechenden Lieder. Ich freute mich über das Klavierspiel von Mucki und wollte ihr noch weitere Klavierstunden ermöglichen. Doch sie lehnte es ab mit den Worten: »Es hat sich ausgeklimpert.« Leider hatte sie im früheren Wohnhaus, wo wir Eltern gemeinsam für ein Klavier gespendet hatten, die Freude am Spiel verloren. Dort wurde das Klavier abgeschlossen, damit keiner unbefugt darauf spielte.

Mucki hatte in ihrer Schulzeit eben einen guten Klavierunterricht, der ihr immer Freude bereitete. In dem Unterricht lernte sie, die vielen Lieder auf dem Klavier zu spielen, die sie auch singen konnte. Diese Lieder spielte sie auch gerne auf der Blockflöte. Bemerkenswert war dabei, dass wenn sie einen Ton auf der Blockflöte nicht spielen konnte, sie die Flöte absetzte und den Ton sang und anschließend auf der

Flöte weiterspielte. Früher konnte sie sehr gut singen, manchmal sogar die zweite Stimme. Leider hat sich ihre Stimme so verändert, dass sie nur noch selten singt.

Mit ihr haben wir Konzerte, sogar der Berliner Philharmoniker unter Claudio Abbado mit Daniel Barenboim am Klavier, in Meinigen besucht. Wir saßen in der ersten Reihe und Mucki sah Herrn Barenboim direkt auf die Finger. Weitere Konzertbesuche waren ebenfalls bei den Philharmonikern in Berlin und bei den Bamberger Symphonikern in Bad Kissingen und in Schweinfurt. Einmal waren wir mit ihr in der Alten Oper von Frankfurt am Main im Konzert des Hessischen Sinfonieorchesters. Dort gab es von Richard Strauss die Alpensinfonie, Mucki saß nach der Pause weiter vorne allein auf einem Platz. Die Begeisterung des Publikums eröffnete eine Zugabe nach der Alpensinfonie und danach strömte plötzlich das Publikum von den Plätzen zu den Ausgängen. Ich sah von Weitem, dass Mucki in dem Gedränge fast verloren ging und sie hilflos und suchend herumstand. Sie war kurz davor zu weinen, aber Margitta und ich konnten sie aus ihrer unsicheren Situation befreien. Inzwischen erzählt sie noch gerne von Konzerten, aber es ermüdet sie schneller und wir verzichten leider auf Konzertbesuche mit ihr.

So wie sie lange Jahre immer in der Holzwerkstatt gearbeitet hatte, kam eines Tages plötzlich der Wunsch:

»Da gehe ich nicht mehr hin.« Wir wissen bis heute nicht, was sie dazu bewogen hat. Danach arbeitete sie lange Jahre in der Wollweberei. Die erste Zeit saß sie auch noch am Webstuhl, doch durch ihre schwache Sehfähigkeit kam sie mit den dünnen Wollfäden nicht gut zurecht. Sie wickelte gerne die gefärbte Wolle in Knäule auf. Die Leiterin der Werkstatt meinte, wenn sie etwas anderes machen wolle, würde sie sich melden. Ungünstig für sie war leider immer die Busfahrerei von Altenschlirf nach Stockhausen in den kleinen Bussen der Gemeinschaft.

Sie wohnte nach einem Dreivierteljahr nicht mehr zur Probe, sondern als Mitbewohnerin im Wohnhaus. Damit sie nachts nicht mehr ihr Zimmer mit den Sachen, die sie in den nächsten Tagen anziehen wollte, dekorierte, ließ der Hausverantwortliche an ihrem Schrank ein Schloss einbauen. Muckis erboste Reaktion: »Ich kann mir nicht mehr meine Unterhosen aus dem Schrank holen!« Außerdem wurde ihr die Kleidung mit den Betreuern abends hingelegt und sie erfuhr die von den hessischen Konsolenten empfohlene Zuwendung. Diese wurde am Morgen und am Abend durch das Zähneputzen mit der elektrischen Zahnbürste ebenfalls umgesetzt. Dies vor allem, da ihre Zähne leider schlechter wurden und sie bereits einige verloren hatte. Durch das Putzen der Zähne mit einem Betreuer oder einer Betreuerin sind die Zähne deutlich besser geworden. Die neue

Zahnärztin war überrascht, dass Mucki mit fast fünfzig Jahren als zu Betreuende so ordentliche Zähne hat. Daran haben die fast immer vierteljährlichen Besuche beim Zahnarzt zur Kontrolle ihren Anteil.

Dafür nehme ich mir immer die Zeit, Mucki in ihrem Wohnhaus oder der Werkstatt abzuholen, den Besuch beim Zahnarzt, manchmal auch beim Hausarzt oder Frauenarzt zu ermöglichen. Einmal im Jahr ist mit ihr der Besuch bei der Hals-Nasen-Ohren-Ärztin einzuplanen, da sie so kleine Gehörgänge hat, in denen sich das Ohrenschmalz festsetzt.

Wenn sie bei uns in Schlüchtern ist, verbinde ich oft ihren Aufenthalt bei uns mit einem Friseurbesuch. Natürlich genießt sie die Abwechslung bei uns. Sie sagt dann immer, dass sie nun den ganzen Tag freihat. Wobei die Rückfahrt, manchmal wieder direkt in die Werkstatt oder in das Haus, oft durch sie verzögert wird. Unsere Kraft, sie zu motivieren, ist mitunter erschöpft. Ihre Zufriedenheit in dem neuen Wohnhaus war ihr sichtlich anzusehen. Wobei die Schwärmerei für einen Mitbewohner hinzukam. Selbst als dieser nicht mehr in derr Hausgemeinschaft wohnte, schwärmte sie weiter und lächelte dabei. Jetzt, fast fünf Jahre später, ist diese Schwärmei zu Ende.

Die nachfolgenden Hausverantwortlichen sprachen mit der Holzwerkstatt ab, dass Mucki wieder ohne die

Busfahrt auskommen und fortan in der Holzwerkstatt arbeiten würde. Doch diese Arbeit führte manchmal zu Konflikten, sodass sie in die Kerzenwerkstatt am gleichen Ort wechseln sollte. Sie weigerte sich zuerst, wie bei allen Veränderungen:»Nein!« Dann schafften es die Hausverantwortlichen, den Wechsel zunächst als Probe zu ermöglichen. Darauf ließ sich Mucki ein und inzwischen ist sie gerne in der Kerzenwerkstatt. Ähnlich ging es ihr mit dem neuen Zimmer im Wohnhaus. Als ein größeres Zimmer im Haus frei wurde, wollte sie nicht aus ihrem kleinen Zimmer wechseln. Dabei lehnte sie zuerst jeden Gedanken an das neue Zimmer ab. Ihre Mutter Uschi und ich suchten nun neue passende Polstermöbel für sie; denn in diesem Zimmer hatte sie erstmals in der Gemeinschaft dafür überhaupt den erforderlichen Raum. Als nun das Sofa mit dem Sessel und einem kleinen Tisch in dem neuen Zimmer waren, sprach sie nicht mehr von ihrem Zimmer, sondern nur noch von »meiner Wohnung«. In der sie sich wohl zuerst nur ab und zu gerne auf ihr Sofa setzte. Leider zieht sie sich nach dem Tod ihre Mutter öfters in »ihre Wohnung« zurück, sodass sich die Betreuer und Betreuerinnen überlegen müssen, sie aus diesem Rückzug wieder in die Gemeinschaft zu führen. Hinzu kommt, dass ein Teil ihres Schrankes aus ihrem Zimmer in Gravenbruch nun direkt in ihrem neuen Zimmer aufgebaut wurde. Erschwerend ist, dass sie das Foto ihrer Mutter bei allen Terminen in einen Umschlag steckt und mitnimmt. Vielleicht ändert sich dies in baldiger Zeit, aber ihre Bindung zu Uschi war schon besonders eng.

Mucki hatte einige Zeit noch die Windelhose »Nachthose« tragen müssen, um ihre »Malheurchen« nicht in das Bett bzw. in die Matratze zu nässen. Für sie war das Tragen der Windelhose nachts eine Selbstverständlichkeit. Wir bemühten uns, sie tagsüber an ihren Toilettengang zu erinnern. »Das musst du nicht, ich war schon«, oder: »Ich muss noch nicht!«. Die sehr positive Überraschung erfuhren wir, als uns die Hausverantwortliche sagte, Mucki benötige keine Nachthose mehr. Selbst bei uns wollte sie anfangs immer noch zur Sicherheit eine tragen. Wir sind nun glücklich, dass sie inzwischen wieder rechtzeitig auf die Toilette geht.

Inzwischen kommt das Malheurchen nur noch selten vor. Häufig steht sie noch lange vor der Toilette und erzählt sich was und dann vergeht die Zeit, bis sie endlich vor dem Klobecken steht, und beim Herunterziehen der Hose tröpfelt sie bereits in die Hose. Sie ist ja sehr ehrlich und sagt es, dass sie genässt hat. »Aber ist schon wieder trocken.« Gegen das dann erforderliche Duschen gibt es von ihr keinen Einwand.

Aus ihrem Leben

In der Zeit, als ich noch allein in meinem kleinen Dorf lebte, holte ich Mucki ca. alle zwei bis drei Wochen immer freitags von ihrer Mutter in Gravenbruch ab und brachte sie sonntags zurück. Oft gingen wir freitags in das Lokal Heideküppel, um uns das Essen für uns zwei zu bestellen. Manchmal trafen wir dort Sarah, ebenso ein »Downie« wie Mucki. Sie und Mucki gingen oft in die Küche und scherzten mit dem Personal. Meistens waren sie sogar sehr gerne gesehen. An anderen Freitagen machten wir beide schon in Wächtersbach im Gasthaus Stein Pause. Es war ein gemütliches altes Restaurant, welches von einer Tschechin geführt wurde. Dort wollte Mucki gerne Pommes bestellen, doch es gab keine. Die Wirtin sagte dann immer: »Du weißt doch, bei uns gibt es keine Pommes, aber leckere Bratkartoffeln.« Die aß sie dann auch besonders gerne mit Schweinelende und Pilzen.

Früh hatte Mucki eine besondere Art, mit Menschen umzugehen. Wenn jemand in den Raum kam, konnte es sein, dass Mucki diese Person fragte: »Warum bist du traurig?« Sie sah an dem Gesicht der Person diese Traurigkeit. Alle anderen Menschen und auch ich haben diese nicht gesehen. Noch heute spricht sie zu Nachbarn am Tisch im Lokal oder Personen im Raum kurze freundliche Worte, wenn sie aus dem Raum geht. Diese Menschen sind meistens sehr angenehm von ihr überrascht und wir sind froh, dass sie endlich vom Tisch aufgestanden ist und wir wegfahren können.

Im Kindergarten hatte Mucki, wie viele andere Kinder, das Wort »Scheiße« auch für sich entdeckt. Nur wie können wir ihr das wieder abgewöhnen? Von einer Kollegin hörte ich, sie hatte ihrer Nichte beigebracht, dass das Wort »Struktur« ein ganz schlimmes Wort ist und viel mehr bedeutet als »Scheiße«, aber es gehört sich nicht, das Wort zu benutzen. Ich hatte Mucki dies ebenfalls beigebracht und sie sagte tatsächlich nur manchmal das »Unwort« »Struktur«. Während einer Autofahrt mit ihr hörten wir im Radio die Kollegin, es war eine Stadtplanerin, in einem Interview, wie sie von Struktur der Planung sprach. Mucki als aufmerksame Zuhörerin sofort: »Die hat ‚Struktur‘ gesagt! Das darf man doch nicht sagen!«

Zähne putzen war für Mucki schon immer nicht so einfach. Sie kaute mehr auf ihrer Zahnbürste, als dass sie die Zähne putzte. Mein Freund und Zahnarzt hatte mir schon früh gesagt, dass ich mit ihr ca. alle drei Monate zur Zahnkontrolle kommen solle. Dadurch könnten wir bei ihr »schwarze Zähne«, wie bei vielen ihrer »Artgenossen«, verhindern. Aber es dauerte einige Jahre, bis Mucki bereit war, ihre Zähne mit einer elektrischen Zahnbürste zu putzen. Seit diese Reinigungsart sogar von ihren Betreuern und Betreuerinnen im Wohnhaus durchgeführt wird, haben sich ihre Zähne wesentlich verbessert. Trotz ihres Merkmals, dass für fünf Zähne keine Anlage für einen zweiten Zahn vorhanden war. Sie hat leider inzwischen einige Zähne verloren. Doch wenn sie gerade zügig beim Essen ist, kann sie immer noch gut ihr Essen kauen. Manchmal denke ich, dass ihre Happen sogar zu groß sind. Doch sie isst vergnügt weiter. Eine Besonderheit bei ihr ist das Spülen nach dem Zähneputzen. Sie zeigt dann immer mit der Hand eine Zwei, und nur wenn ein Zahnarztbesuch bevorsteht, zeigt sie Bereitschaft, auch mal dreimal zu spülen. Ich diskutiere mit ihr dann nicht, aber es ist wie ein »Spiel«, was sich halt täglich mehrfach wiederholt.

In den ersten Jahren, als ich in Ahlersbach wohnte, erkundeten wir oftmals durch lange Wanderungen die Spessartumgebung. Mucki war gerne mit dabei. Leider geht sie heute seltener mit auf eine größere Runde spazieren. Bei einer Wanderung in das Ratzerod, so nennt man diese Gegend bei uns, waren wir bereits fast drei Stunden unterwegs und sie hinkte etwas mit dem linken Fuß. Margitta fragte Mucki: »Ist was mit deinem Fuß?« – »Nein, es ist nichts.« Doch sie ging immer langsamer und schließlich zogen wir den Schuh von ihr aus. Da entdeckten wir das Übel, in dem Schuh hatte sich ein Nagel durch die Innensohle gebohrt und hatte ihren Fuß regelrecht entzündet. Es half nichts. Sie konnte so nicht weiterlaufen. Margitta und die Mitwanderer legten eine Pause ein und ich ging schellen Weges nach Hause, um das Auto zu holen. Später fuhren wir alle gemeinsam wieder nach Hause. Bei einem von uns wäre der Schmerz wahrscheinlich viel früher aufgetreten, doch Mucki hat ein anderes Schmerzempfinden.

Ein ähnliches Erlebnis hatten wir mit ihr in Dresden, wo wir einen Besuch mit ihr in der Semperoper organisiert hatten. Es war Sommer und angenehm warm. Die Veranstaltung begann um 19:00 Uhr. Mucki hatte sich fein angezogen und dazu gehörten natürlich ihre Ballerinas, ihre »Klackerschuhe«. Diese hatte sie erst kurz vorher bekommen. Nach dem Abendessen ging Mucki immer stärker hinkend neben Margitta und mir. Wieder Margittas Frage: »Ist was mit deinem Schuh?« – »Nein, es ist nichts.« Aber aus unserer Erfahrung ließen wir sie ihre Schuhe ausziehen. Ihr ganzer Hacken war an beiden Füßen total rot und entzündet. »Es ist besser, du gehst jetzt barfuß mit deinen kleinen Socken in die Semperoper!« Wir saßen direkt am Anfang einer Reihe und Mucki stellte ordentlich ihre kleinen Ballerinas unter den Sitz. Wir hörten dem Flamencogesang zu und sahen die spanischen Tänzer ohne Unterbrechung. In der Pause ging Mucki auf Socken durch das Foyer.

Ein ähnliches Erlebnis zeigte ihre Unbekümmertheit und ihre Spontanität, wenn man ihr eine Situation gut vorher erklärt hatte. Man konnte dann spontan auch Änderungen mit ihr durchziehen. So einmal bei einer Schneiderin. Wir hatten ihr einen knielangen lila Cordrock gekauft, der etwas zu lang war. Wir fuhren am Laden der Schneiderin vorbei und ich sagte: »Wollen wir nicht gleich den Rock kürzen lassen?« – erst nein, dann aber ja. Wir hatten natürlich keinen Ersatzrock dabei. Also ging Mucki in die Umkleide, die Rocklänge wurde gemessen, den Rock zog sie aus und ohne Rock ging sie nur in Unterhose zum Auto und wir fuhren nach Hause. Ich konnte den Rock am anderen Tag wieder abholen.

Ein gängiger Ausspruch von ihr ist, wenn einer nicht von uns zum Einkaufen oder zu anderen Terminen fährt. Der dann zu Hause bleibt, hat eine »sturmfreie Bude«. So hat sie oft immer wieder Standardsätze, die sie wiederholt. Mucki hat eine große Freude an Wortschöpfungen und Wortveränderungen, wie zum Beispiel: Armleuchter, Armlehne, Lehnstuhl und ähnliches. Das Wort Kerzenfieber sprach sie zum ersten Mal aus, als sie sich beim Kerzenausblasen über die Kerze beugte und die Kerzenwärme an der Stirn spürte.

Selbst wenn sie manchmal ungehalten und nervig ist, kann Mucki meistens durch ihr gewinnendes Lächeln die Menschen ihrer Umgebung wieder für sich einnehmen. In den Arztpraxen sind die Helferinnen immer von ihrer spontanen Freundlichkeit und den liebevollen zusätzlichen Worten positiv angetan. Sie mögen sie einfach, sie merken nicht, was man manchmal auch für Ausdauer und Geduld mit ihr haben muss. Im Herbst geht Mucki seit ihrer Kindheit regelmäßig einmal im Jahr zur Kontrolle ihres Herzens, da eine Herzklappe nicht richtig schließt, in die Kinderkardiologie der Universität Gießen. Früher hatte diese Aufgabe immer ihre Mutter mit ihr wahrgenommen. Einmal musste sie sogar für mehrere Tage dort zur ausführlichen Untersuchung bleiben. Dies hatte Mucki immer gut gemeistert. Nach dem Tod von Uschi haben meine Tochter C. und ich sie zum Besuch in der Universitätsklinik Gießen der Kinderkardiologie geführt. An der Anmeldung, die Dame erkannte Mucki und fragte: »Und wo ist deine Mutter?« Mucki ganz sachlich: »Das ist traurig, die ist im Februar gestorben!« Die Zeit, in der sie noch immer eine Kerze, meist eine mit Batterie, am Foto ihrer Mutter anmachte, ist allmählich vorbei. Aber das Bild von Uschi muss immer in einer Tasche mitgenommen werden. Im Auto möchte sie es meistens auch neben sich auf der Rückbank haben.

Nach dem Tod ihrer Mutter weiß sie, dass wir uns mehr um sie kümmern werden. Sie sagt sogar: »Ich weiß, Margittschka«, so nennt sie manchmal Margitta, »macht sich jetzt mehr Sorgen um mich.« Außerdem sagt sie zu mir: »Ich weiß ja, dass du immer gute Gedanken für mich hast.« Wenn sie zu uns kommt, bringt sie meistens einige CDs mit, die dann in Ahlersbach bleiben sollen, oder auch Fotos im Bilderrahmen von ihr. Ich soll dann mit dem Foto auf sie aufpassen, damit es ihr gut geht. So kam ein Bild von ihr aus dem Wohnhaus zu uns, denn es soll nicht mehr vor ihrem Zimmer stehen.

Mucki hat eine Eigenart, vieles ganz schnell wahrzunehmen und manchmal erst später darüber zu sprechen. Allerdings kann sie nicht entscheiden, was wichtig oder unwichtig für sie ist. Ein Beispiel: Beim Autofahren sieht sie eine Frau: »Die sieht aber schnuckelig aus, die Frau mit den lila Haaren.« Seit ihrem Urlaub auf Rügen mit den Schwestern nennt sie alle ihre Lieben plötzlich nur noch »Mäuschen«. Wir müssen achtgeben, damit wir ihr sagen, wir haben einen Namen; denn sonst wissen wir nicht, wen sie meint.

Obwohl sie die Urzeit und die Tage genau kennt, nennt sie oft viel längere Zeiten, zu denen sie in den Urlaub abgeholt wird oder nur zum Arztbesuch zu uns kommt. Als ich sie zu einem Sommerurlaub für vier Wochen abholte, sagte sie, als wir aus dem Haus kamen: »Dann bis in sechs Wochen.« Muckis Worte hörte ein Mitabeiter der Gemeinschaft und sagte nur: »Das hätte ich auch mal gerne: sechs Wochen Urlaub.« Ich: »Nein, es sind nur vier.« Mucki: »Nein, es sind sechs!« So war es auch mit dem Urlaub mit ihrer Mutter Uschi oder den Schwestern. »Nein, wir fahren zwei Wochen nach Rügen oder an die Müritz«, obwohl nur eine feststand.

Oft nervt sie uns oder mich, dass sie nicht zurück in die Gemeinschaft will. Vor allem hat sie eine Zeitvorstellung, die nicht mit unserer Realität zusammenpasst. Dadurch versucht sie die Abfahrt häufig hinauszuzögern. Das ergibt dann immer wieder Aufforderungen, dass sie nun endlich vorankommen solle. Wenn sie dann im Auto sitzt und es losgeht, ist diese »Verzögerung« wie weggeblasen. Sie spricht wieder von ihrem Haus und der Werkstatt oder von einzelnen Menschen, die Geburtstag haben oder weg sind. Wenn ich dann in Altenschlirf einfahre: »Da bin ich wieder zurück.« Nichts ist mehr von ihrer negativen und verzögernden Haltung zu spüren.

In der Coronazeit bekommt Mucki ein zweites Mal dieses Virus und das ganze Wohnhaus geht in die Quarantäne. Mucki erzählt ihrer Schwester K.: »Uschi ist auch coronakrank.« K. daraufhin: »Die kann nicht im Himmel krank werden!« Ihre Antwort: »Ach, du immer mit dem Himmel!!!« Allerdings genoss sie die Zeit der Quarantäne, denn dadurch musste sie nicht früh aufstehen, um in die Kerzenwerkstatt zu gehen. Wir von der Familie hatten uns nach dem Tod von Uschi verabredet, dass sie immer einer am Wochenende im Wohnhaus anruft. Meistens haben wir das mit den im Haus Verantwortlichen abgesprochen. Auch wenn es fest vereinbart war, konnte es immer wieder passieren, dass sie zu dem Zeitpunkt nicht telefonieren wollte, da sie ihr »Spätstück« fertigessen möchte. Ein Freund von uns hatte das »Spätstück« bei uns eingeführt. Er sagte damals, wenn man so spät frühstückt, dann ist es doch ein »Spätstück«. Mucki hatte dies sofort aufgenommen und nervt viele aus der Familie mit: »Es ist kein Frühstück, sondern ein Spätstück.«

Ihr Gedächtnis bezüglich der Geburtstage von Freunden und Verwandten ist phänomenal. Als sie noch jünger war, wusste sie von denen nicht nur die Straßen, in denen sie wohnten, und manchmal auch die Wohnorte. Selbstverständlich wusste sie auch die Namen der Kinder, mit denen sie uns manchmal aus der Patsche half, wenn wir sie nicht mehr wussten. Nach ihrem 46. Geburtstag sprach ich mit Mucki in einem Telefonat von Solange, der Freundin von unserem Enkel L. »Die heißt nicht Solange!« »Doch, sie hat eine italienische Verwandtschaft und die nennt sie Solange.« »Aber sie wohnt in Frankfurt, da kannst du auch Mika zu ihr sagen.« Wenn sie gut drauf ist, kann sie so schlagfertig sein und viele Menschen finden dies beeindruckend.

Oft hat sie auch Sprüche aus der Werbung drauf, die dann sogar immer passen. So zum Beispiel, als ich mit ihr vor dem Metzgerladen stand und ihr Spruch lautete: »Das ist der Metzger ihres Vertrauens!« Oder sie erfindet Worte und außergewöhnliche Sätze. Immer wenn sie zu uns kommt, glaubt sie, dass sie ihre Taschen und Beutel alle mitnehmen muss. Für denjenigen, der sie abholt, ist es manchmal ein Kampf, dass sie sich auf ein oder zwei Gepäckstücke oder Taschen und Beutel begrenzt. Zusätzlich wirkt noch erschwerend, dass sie ihren Taschen und Beuteln sowie manchen Gegenständen immer unterschiedliche Namen gibt, die wir aber meist nicht kennen. Für uns Außenstehende ist es manchmal schwer zu wissen, was sie damit meint. Bei einer Abholung aus ihrem Zimmer, »ihrer Wohnung«, wollte sie noch mal ihr neu bezogenes Federbett ausschütteln. Das tat sie dann auch mit den Worten: »Mindestens zehnmal, es muss ja in alle Ecken verteilt werden!« Hat sie sonst nie gemacht, sie muss es von einem Betreuer aufgeschnappt haben.

In der Vorveranstaltung der vier Jahreszeiten der Gemeinschaft hörte Mucki aus der Richtung der Schlagzeuggruppe ein Rauschen, sie konnte es nicht einordnen. Immer wieder erhob sie sich und schaute in die Richtung des Klanges. Es war ein großes Sieb, auf dem Erbsen immer hin und her gerollt wurden. Sie ergaben das klangvolle Rauschen. Ähnlich ging es ihr bei den jazzigen Klaviertönen, die sie hörte, aber sie sah niemand, der am Klavier spielte. Es kam über ein Tonband aus dem Lautsprecher, der danebenstand. Das deutet auf ihr Interesse hin, alles erfassen zu wollen, aber nicht immer gleich verarbeiten zu können.

Ich gehe mit Mucki zur Frau U., der Optikermeisterin, um neue Gläser für ihre »Star Wars«-Brille machen zu lassen. Das Überprüfen ihrer Augen-Dioptrien ist immer schwer und Frau U. stellte fest, es besteht kein großer Unterschied zu den vorhandenen Gläsern. Leider ist ihre Sehfähigkeit nur ca. 30 %. Schließlich waren wir mit der Gläserprozedur fertig und Mucki ging an das Regal mit den vielen neuen Brillengestellen. »Und wie wäre es mit einer neuen Brille?« Sie setzte eine auf und Frau U. kam mit einem leicht rosa gefärbten etwas kleineren Gestell: »Die passt besser zu dir und zu deinem Kopf!« Mucki setzte es nur kurz auf. »Die möchte ich haben und keine andere!« So schnell haben wir für sie noch keine Brille gekauft. Die Optikerin brachte Mucki noch zwei Fläschchen mit Brillen-Reinigungsmittel, die meine Tochter immer gerne aus dem Optikergeschäft mitnimmt. Als sie fertig war, trug sie diese Brille gerne, weil sie damit auch ihren Schwestern gefiel. Nach ihrem Urlaub erzählte ich Frau U. von der Freude, wie gerne sie die Brille trägt. Frau U. mag Mucki: »Sie ist ja immer so liebenswürdig!«

Im August 2023 kam Mucki mit ihren beiden Schwestern K. und C. nach der Urlaubswoche an der Müritz im Auto zu uns zurück. Sie saß noch auf der Rückbank und strahlte mich an: »Es war so schön!« Zusammen waren sie dreimal schwimmen und mit beiden Schwestern abwechselnd war sie auf dem Tandem mitgefahren, welches sie gemietet hatten.

Mein Umgang mit Mucki

Nach meiner Bitte, sie möge doch nicht so laut und nicht so viel reden, kommt ihre Antwort: »Ich kann nicht alles, bin einfach so gebaut!« Ich benötige immer wieder einige Zeit, mich an ihre Bockigkeit und Langsamkeit zu gewöhnen, wenn ich sie aus Altenschlirf abhole. Am besten komme ich mit ihr klar, wenn ich keine eigenen Erwartungen an sie habe, es belastet mich dann nicht. Aber damit bin ich nicht konsequent und sie bestimmt das Handeln. Andererseits kennt sie noch Namen und Ereignisse aus ihrer Kindheit, zum Beispiel die Einschulung in Langen.

Manchmal kommt man mit ihr an seine Grenzen, man möchte, dass sie mit dem lauten Reden aufhört oder mal ruhig ist. Nicht immer können Margitta oder ich und ebenfalls andere Menschen erkennen: Will sie uns provozieren, oder wie weit kann ich gehen? Oder ist es ein »Schabernack«. Will sie oder kann sie es nicht anders? Es ist oftmals wie eine »Wellenbewegung«; mal so, mal so. Nach dem Tod von Uschi verteilt sich die Betreuung von Mucki zu Hause nicht mehr auf zwei Haushalte. Jetzt fällt die Betreuung und Begleitung überwiegend auf uns, vor allem durch die Arztbesuche mit ihr. Die Ausnahmen sind, wenn ihre beiden Schwestern K. und C. sie für einige Tage und für die Urlaubswoche im Sommer begleiten.

Wenn wir Forderungen oder Bitten an Mucki herantragen, kommen oft von ihr die mich nervenden und sich wiederholenden Sätze: »Das habe ich mir ganz anders vorgestellt.« Manchmal kommt der Satz: »Ich will nicht mehr!« Dieser Satz bedrückt mich dann natürlich stark. Oder manchmal machen mich die Worte traurig: »Morgen will ich in die Neckarstraße!« Damit meint sie die Wohnung von ihrer Schwester C. Manchmal kommt auch die Pfarrerstraße, die Wohnung von ihrer anderen Schwester K. Ihre Worte: »Ich will nicht mehr!«, machen mich besonders traurig und hilflos. Wie kann ich dieses Verhalten abstellen? Nach einem Arztbesuch o. Ä. ist die Überraschung dann aber wieder, wenn sie endlich im Auto zur Fahrt nach Altenschlirf sitzt, dass sie wie umgewandelt ist und sich auf ihre Mitmenschen freut. Immer wenn man mit ihr in Eile ist, weil ich mit ihr zu einem Termin muss, kommt von Mucki manchmal: »Haben wir doch prima geschafft!« Ich vergesse leider dann, dass man bei ihr mit Druck wenig Erfolg hat. Sie verzögert manchmal, damit sie noch länger bei uns bleiben kann. Ruhe und Geduld muss ich mir immer wieder neu vornehmen. Leider hat sie bereits einen leichten grauen Star und ihre Schrift wird dadurch sehr viel größer und kaum lesbar.

Als Beispiel der Brief von 2001

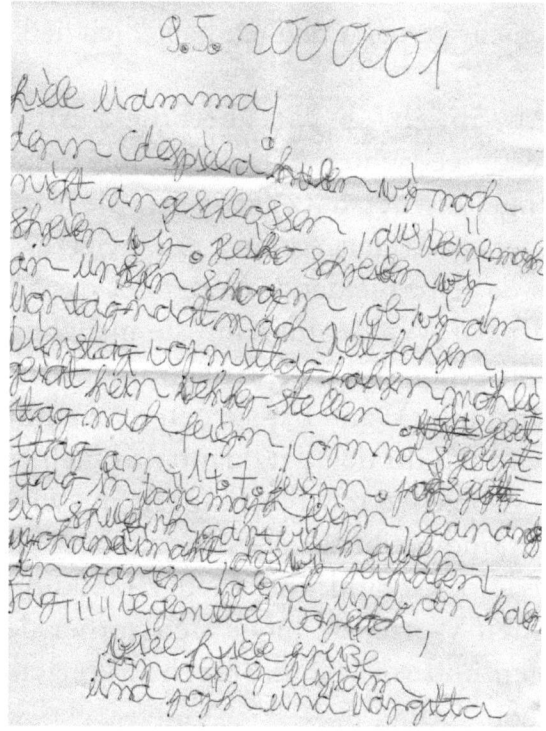

Ein Standardsatz von ihr ist: »Wir haben Zeit!«, der mich natürlich besonders aufregt. Manchmal hat sie Sätze drauf, die nicht so belastend für mich sind, wie: »Das überlass mal uns!«, oder ein anderer: »Es darf wohl nicht wahr sein«, oder: »Wie oft denn noch?«.

Ich nehme an, dass sie manche Sätze auch aus ihrer Umgebung in Altenschlirf aufgeschnappt hat, wie: »Lass mich in Ruhe«, oder: »Ich bin traurig!«. »Sag doch mal was, ich rede mit dir«, kommt manchmal von ihr, wenn man ihr nicht antwortet. Oft kann sie sich auch für ihr Verhalten entschuldigen: »So habe ich das nicht gemeint und ich habe dich lieb!«

Mit »Äh, äh, äh, äh …« überbrückt Mucki ihre nicht fertig gedachten Sätze. Es dauert manchmal sehr lange, bis der Satz fertig ist. Sie wiederholt dann mehrmals den Anfang eines Satzes, bis sie endlich das entscheidende Verb oder das Satzende geschafft hat. Wiederum kann sie manchmal ganz flüssig sprechen. Es macht mich natürlich immer etwas unruhig. Wann hat sie den Satz endlich fertig? Wenn ich ihr den Satz dann mit meinen Worten fertigsprechen möchte, fängt sie ihn wieder von vorne an und bleibt wieder hängen. Für mich hilft nur Geduld, Geduld und wieder Geduld. Meine hilfreichen Worte, sie möge sich vorher den Satz überlegen und sich beim Sprechen konzentrieren, haben kein Erfolg.

Ich erinnere mich gerne an die Rückfahrten, wenn ich Mucki nach einem Wochenendbesuch bei mir in Ahlersbach wieder nach Neu-Isenburg brachte. Wenn es schon dämmerig wurde und wir die schmale Straße oberhalb des Dorfes entlangfuhren, konnten wir den

Mond über Ahlersbach sehen. Mucki stimmte dann immer das Lied »Der Mond ist aufgegangen« an und sang alle Strophen. Für mich war es sehr feierlich. Ich stimmte mit meiner unklaren Stimme mit ein und manchmal kamen mir sogar die Tränen. Es war unser Abschied von Ahlersbach.

Heute fahren wir diese Strecke nur noch selten, da sie ja meistens nach Altenschlirf gebracht wird. Worte, die mir und Margitta von Mucki nicht so gefallen, aber nicht belastend sind: »Überlass das mal uns«, oder: »Mir geht es nicht so gut im Kopf«. Manchmal kommt noch sehr schnippisch: »Sag mal, geht's noch?« Aber wie schon erwähnt nervt ihr: »Ich will nicht mehr!«, nachdem man sie öfters gebeten hatte, es zu unterlassen zum Beispiel laut zu sprechen. »Ich bin nicht laut, ist der Weihnachtsmann.« Meistens überschlägt sie sich dann beim Sprechen und man kann sie schlecht oder gar nicht verstehen. Wir brauchen mehr Geduld als früher, weil sie fast immer erst alles verneint. Das hat zur Folge, dass sie auch eher gereizt reagiert und rummotzt. Feststellen können wir ihre stärkere Empfindlichkeit und ihre stärkere Zurückgezogenheit. Was sie wohl auch stärker in der Gemeinschaft auslebt. Man benötigt viel mehr Überzeugungsarbeit als in ihren jungen Jahren, sie zu einem Spaziergang zu motivieren. Es ist einfach anstrengender mit ihr als in ihrer Jugend.

Sie möchte vielmehr tingeln, was für sie einen Bummel und in Geschäfte gehen bedeutet. Gerne kauft sie sich dann eine »Funkuhr«. Es ist wohl die billigste Fernsehzeitung. Obwohl sie fast nie vor einem Fernseher sitzt. Gerne macht sie nach dem Abendessen, bei uns fast immer die Hauptmahlzeit, noch Käsehäppchen. Dadurch kommt sie bei uns oftmals sehr spät zur Ruhe, um zu schlafen. Inzwischen haben wir dank ihrer Schwester K., die als Sonderpädagogin arbeitet, erkannt, dass Mucki viel mehr Ruhe benötigt als früher.

Es gab in der Anfangszeit von Muckis Aufenthalt in der Gemeinschaft manchmal Hinweise, dass wir uns doch um eine andere Einrichtung zum Aufenthalt von Mucki bemühen sollten. Vielleicht war das aber auch der neuen Situation, weg von zu Hause zu sein und in eine fremde neue Umgebung zu kommen, zuzuschreiben. Natürlich wollten Uschi und ich für sie nur das Beste und wir bemühten uns um einen Platz in staatlichen Einrichtungen. Ein Mitarbeiter der hessischen Heimaufsicht, der die Wohngemeinschaft kannte, sagte zu Uschi: »Staatliche oder gemeinnützige Einrichtungen der Behindertenhilfe, das wäre ein Absturz, ein Unterschied wie Tag und Nacht.« Einmal erfuhren wir, dass es nirgends einen freien Platz gab. Es wurden nur Notfälle aufgenommen, wenn die Eltern, die einen behinderten Menschen zu Hause hatten, plötzlich krank werden oder sogar sterben.

Dann haben wir von Einrichtungen erfahren, die erst noch einen Anbau oder Neubau in einiger Zeit planten, und wir könnten uns ja mal vormerken lassen. Weitere Möglichkeiten waren im Spessart in einer Einrichtung, in der es nur Zweibettzimmer gab. In eine Einrichtung hätten wir sie geben können, dort lebten aber nur Menschen, die taubstumm waren. Sie bemühten sich sogar um Mucki, dann hätten sie endlich jemanden, die spricht. Wiederum gab es eine Einrichtung, die uns mitteilte, wenn sie einen freien Platz hätten, würden sie Mucki gerne nehmen, aber wir Eltern dürften sie kaum besuchen. Schließlich waren wir dankbar, dass die vielen Besuche anderer Einrichtungen zu keiner Veränderung für Mucki führten und sie weiterhin in der Gemeinschaft wohnen und arbeiten konnte.

Seit ihre Mutter Uschi nicht mehr unter den Lebenden ist, wachsen Muckis Schwestern immer stärker in die Begleitung hinein. Es ist für mich ein großes Glück, dass sie dazu bereit sind, sie mit in den Urlaub zu begleiten und sie mal zu sich nehmen. K. und C. haben jetzt ebenfalls die gesetzliche Betreuung für ihre Schwester. Das Amtsgericht wollte es anfangs nicht; denn drei gesetzliche Betreuer sind eigentlich nicht erlaubt. Aber uns zuliebe ging es dann doch. Wir, die Familie, sind sehr dankbar, dass Mucki in der Gemeinschaft leben und arbeiten kann. Vor allem kennen wir bereits viele Mitbewohner von ihr, deren

Eltern nicht mehr unter uns sind, die aber dort weiter zufrieden leben können, obwohl es nicht immer einfach ist.

Mucki habe ich schon frühzeitig erzählt, dass ich ein Buch über sie schreiben werde, und sie gefragt, ob sie dies in Ordnung findet. Sie hatte sich, nachdem ich mit dem Buch begonnen hatte, richtig darüber gefreut: »Ach wirklich, über mich?« Jetzt vor einiger Zeit fragte sie mich: »Du schreibst doch an meinem Buch?« Ich sagte ihr, dass ich mehr Ruhe dazu benötige. »Warum kannst du nicht weiter an dem Buch über mich schreiben?« »Wenn du immer sprichst, habe ich diese Ruhe aber nicht!« »Ach so, wie weit bist du denn?« Ich sagte ihr, dass ich schon über 50 Seiten geschrieben hatte. Sie glaubte, die seien nun auch schon in Papierform fertig. Ich sagte ihr, dass sie alle im Laptop seien. »Da kannst du mir ja daraus vorlesen.« Beim Vorlesen erster Absätze aus den Anfangskapiteln freute sie sich sehr. »Aber ist ja schon so lange her.« Nach etwa fünf Minuten vorlesen wollte Mucki nicht mehr zuhören und sagte nur: »Jetzt ist genug.«

Mich trifft es immer sehr, wenn ich von Begleitern aus der Wohngemeinschaft erfahre, dass sie ausgeflippt ist und sie »Schreiattacken« hatte. Solche Nachrichten bedrücken mich sehr, obwohl ich weiß, dass ich von Ferne dabei nicht helfen kann. Inzwischen ist sie dank der Hausverantwortlichen wieder pünktlicher und nimmt wieder mehr an der Gemeinschaft teil. Dafür sind wir sehr dankbar.

Wenn ich mir vornehme, bei ihr konsequent zu sein und nicht immer ihrem Wunsch oder Willen zu folgen, schaffe ich es meist nur, wenn ich gut drauf bin. Es ist einfach schwer, diese Haltung durchzuhalten, und es gelingt nicht immer. Mir und Mucki helfen hoffentlich meine täglichen guten Gedanken, die ich morgens nach der Gymnastik für alle meine Lieben habe. Wenn ich ihr davon erzähle, sagt sie nur: »Ach, du mit deinen guten Gedanken.« Wenn ich davon mit ihr spreche, ist es meistens, um sie von kleinen Wehwehchen oder Krankheiten abzulenken.

 **Jörg Sielaff,** geboren 1940 in Eutin, Schleswig-Holstein, verbrachte die ersten Lebensjahre in Kiel. Nachdem das Wohnhaus der Familie zerbombt worden war, zog seine Mutter mit ihm und seinem Bruder nach Brückenberg in Schlesien. Von dort mussten sie im Februar 1945 durch die Kriegswirren fliehen und kamen nach Deggendorf am Bayerischen Wald in Niederbayern. Dort wurde er eingeschult. 1948 Umzug nach Berlin. Nach dem Schulabschluss, 12. Klasse, zweijähriges Baupraktikum und Studium Fachrichtung Hochbau an der Staatlichen Ingenieurschule für Bauwesen in Berlin-Neukölln. Bis 1974 als Architekt und Stadtplaner in Frankfurt/Main, von 1974 bis 2001 im Land Hessen als angestellter Kommunalberater tätig, danach selbstständiger Kommunalberater.

Jörg Sielaff wohnt seit 1981 in Schlüchtern, Main-Kinzig-Kreis, Hessen. Er ist das zweite Mal verheiratet und hat drei Töchter. In den Jahren 1986 bis 1989 initiierte er den Nordhessischen Kultursommer und gründete mit Kulturschaffenden 2010 das KulturWerk Bergwinkel e. V. in Schlüchtern, in dem er noch heute aktiv ist.

Gemeinschaft Altenschlirf

In dieser Gemeinschaft lebt und arbeitet meine Tochter Mucki. Für notwendige Sanierungen der Wohngebäude benötigt der Förderverein u. a. auch Spenden. Die dort wohnenden und arbeiteten Menschen danken für jeden Betrag.

Spendenkonto Förderverein:

Michael-Verein, Förderkreis der Gemeinschaft
Altenschlirf e. V.
Frankfurter Sparkasse 1822
IBAN DE07 5005 0201 0000 2092 44
Stichwort: Mucki Sanierung

Bücher von Jörg Sielaff

»Gespräch mit meinem vermissten Vater«
Was ich dem U-Boot-Offizier gerne erzählt hätte
ISBN 978-3-86614-267-1, Zeitgut Verlag

Der Vater von Jörg Sielaff starb bei einem U-Boot-Einsatz 1942 im Atlantik. In seinem Buch erinnert sich Jörg Sielaff an seine Kindheit, wie er ohne Vater, aber mit väterlichen Freunden aufwuchs. Immer wieder führte er Zwiesprache mit seinem verstorbenen Vater. Nun hat er ihm seine Geschichte gewidmet.

Jörg Sielaff besuchte von 1946 bis 1948 die Knabenschule (heutiges Stadtmuseum) in Deggendorf und schwärmt noch heute von der Niederbayerischen Landschaft um Deggendorf. Er kam mit seiner Mutter und seinem Bruder als Flüchtling aus dem Riesengebirge vor Kriegsende auf den Ochsenhof. Mit 16 Jahren kam er wieder nach Deggendorf und machte eine Fahrradtour durch den Bayerischen Wald. In seiner heutigen Heimat zwischen Spessart, Rhön und Vogelsberg ist er seiner alten Gegend sehr nahe. Nach der Zeit in Deggendorf kam er durch seine Mutter nach Berlin, beendet dort seine Schulzeit, begann ein Baupraktikum und ließ sich zum Architekten ausbilden.

»Geschichten aus der Provinz«
Episoden aus meinem Berufsleben
ISBN 978-3-7519-6873-7, Verlag BoD – Books on Demand

Die Episoden über meine berufliche Zeit, die Anfänge der Wendezeit 1990 habe ich im Alter von 78 Jahren niedergeschrieben. Hierbei wurde mir bewusst, wie viele verschiedene Menschen ich kennenlernen durfte, sie kamen aus den unterschiedlichsten Regionen und Schichten. Diese Kontakte bereicherten mein Leben und ermöglichten mir eine große Toleranz anderen gegenüber.

Die Episoden sind für Menschen, die den ländlichen Raum mögen und neugierig auf Orte wie Schlüchtern, Hessisch Lichtenau, Stadtallendorf, Gelnhausen, Tiefenort, Erfurt und Wittenberge sind. Ich berichte über die städtebaulichen Altstadt-Sanierungen, die Entwicklung von Gewerbegebieten im Rahmen des Grenzraumprogrammes und die Erfahrungen in der Wendezeit 1990 sowie von meinen gesetzlichen Betreuungen. Dazu gehören auch Erinnerungen an den Februar 1990 in Erfurt bei der Einrichtung des Büros für das Land Hessen.

Der Titel ist ein Zitat eines Kollegen, der mich immer fragte, wenn ich nach einigen Tagen im örtlichen Sanierungsbüro zurück in das Büro nach Wiesbaden kam: »Hast du wieder Geschichten aus der Provinz erlebt?«

»Lisbeth – mein Weg«
Von Pommern über Berlin nach Salzgitter
ISBN 978-3-7557-1528-3, Verlag BoD – Books on
Demand

Mit dem Aufschreiben von Lisbeths Weg aus Poppow
nach Berlin, im Krieg zurück nach Popowo, wie es
heute heißt, weiter nach Barbecke, mache ich den
Versuch, mich in das Leben von Lisbeth hineinzu-
versetzen. Sie starb 1990, fünf Jahre, nachdem ich ihre
Tochter Margitta, genannt Gitti, kennenlernte.

Der Wunsch, Lisbeths Leben wieder lebendig
werden zu lassen, wurde durch zwei Besuche in dem
heutigen Popowo immer stärker. Vor allem aber ihre
Umsiedlung bzw. die Vertreibung aus Poppow haben mich mehr und mehr beschäftigt. Daraus ist eine
kleine Lebensgeschichte geworden, in der ich mich in
das Leben von Lisbeth hineinversetzte. In der Nach-
kriegszeit ist es vielen Menschen ähnlich wie Lisbeth
ergangen, die als Flüchtlinge aus den Ostgebieten
kamen und nicht gerne aufgenommen wurden. Sie
mussten sich in einer für sie unbekannten Umgebung
eine neue Existenz aufbauen. Was dem einen besser
und manch einem schwer gelang. Mir hat das Schreiben als Lisbeth eine Bereicherung gebracht.